阅读之前 没有真相

午夜文库

阿加莎·克里斯蒂
侦探小说

阿加莎·克里斯蒂
Agatha Christie (1890—1976)

无可争议的侦探小说女王,侦探文学史上最伟大的作家之一。

阿加莎·克里斯蒂原名为阿加莎·玛丽·克拉丽莎·米勒,一八九〇年九月十五日生于英国德文郡托基的阿什菲尔德宅邸。她几乎没有接受过正规的教育,但酷爱阅读,尤其痴迷于歇洛克·福尔摩斯的故事。

第一次世界大战期间,阿加莎·克里斯蒂成了一名志愿者。战争结束后,她创作了自己的第一部侦探小说《斯泰尔斯庄园奇案》。几经周折,作品于一九二〇年正式出版,由此开启了克里斯蒂辉煌的创作生涯。一九二六年,《罗杰疑案》由哈珀柯林斯出版公司出版。这部作品一举奠定了阿加莎·克里斯蒂在侦探文学领域不可撼动的地位。之后,她又陆续出版了《东方快车谋杀案》《ABC谋杀案》《尼罗河上的惨案》《无人生还》《阳光下的罪恶》等脍炙人口的作品。时至今日,这些作品依然是世界侦探文学宝库里最宝贵的财富。根据她的小说改编而成的舞台剧《捕鼠器》,已经成为世界上公演场次最多的剧目;而在影视改编方面,《东方快车谋杀案》为英格丽·褒曼斩获奥斯卡大奖,《尼罗河上的惨案》更是成为几代人心目中的经典。

阿加莎·克里斯蒂的创作生涯持续了五十余年,总共创作了八十余部侦探小说。她的作品畅销全世界一百多个国家和地区,累计销量已经突破二十亿册。她创造的小胡子侦探波洛和老处女侦探马普尔小姐为读者津津乐道。阿加莎·克里斯蒂是柯南·道尔之后最伟大的侦探小说作家,是侦探文学黄金时代的开创者和集大成者。一九七一年,英国女王授予克里斯蒂爵士称号,以表彰其不朽的贡献。

一九七六年一月十二日,阿加莎·克里斯蒂逝世于英国牛津郡沃灵福德家中,被安葬于牛津郡的圣玛丽教堂墓园,享年八十五岁。

阿加莎·克里斯蒂 侦探作品年表

波洛系列

1920	The Mysterious Affair at Styles《斯泰尔斯庄园奇案》
1923	Murder on the Links《高尔夫球场命案》
1924	Poirot Investigates《首相绑架案》
1926	The Murder of Roger Ackroyd《罗杰疑案》
1927	The Big Four《四魔头》
1928	The Mystery of the Blue Train《蓝色列车之谜》
1932	Peril at End House《悬崖山庄奇案》
1933	Lord Edgware Dies《人性记录》
1934	Murder on the Orient Express《东方快车谋杀案》
1935	Three-Act Tragedy《三幕悲剧》
1935	Death in the Clouds《云中命案》
1936	The ABC Murders《ABC谋杀案》
1936	Murder in Mesopotamia《古墓之谜》
1936	Cards on the Table《底牌》
1937	Dumb Witness《沉默的证人》
1937	Death on the Nile《尼罗河上的惨案》
1937	Murder in the Mews《幽巷谋杀案》
1938	Appointment with Death《死亡约会》
1938	Hercule Poirot's Christmas《波洛圣诞探案记》
1940	Sad Cypress《H庄园的午餐》
1940	One, Two, Buckle My Shoe《牙医谋杀案》
1941	Evil Under the Sun《阳光下的罪恶》
1943	Five Little Pigs《五只小猪》
1946	The Hollow《空幻之屋》
1947	The Labours of Hercules《赫尔克里·波洛的丰功伟绩》
1948	Taken at the Flood《顺水推舟》
1952	Mrs. McGinty's Dead《清洁女工之死》
1953	After the Funeral《葬礼之后》
1955	Hickory Dickory Dock《山核桃大街谋杀案》
1956	Dead Man's Folly《弄假成真》
1959	Cat Among the Pigeons《鸽群中的猫》
1960	The Adventure of the Christmas Pudding《雪地上的女尸》

阿加莎·克里斯蒂 侦探作品年表

1963　The Clocks《怪钟疑案》
1966　Third Girl《第三个女郎》
1969　Hallowe'en Party《万圣节前夜的谋杀》
1972　Elephants Can Remember《大象的证词》
1974　Poirot's Early Stories《蒙面女人》
1975　Curtain—Poirot's Last Case《帷幕》

马普尔小姐系列

1930　The Murder at the Vicarage《寓所谜案》
1932　The Thirteen Problems《死亡草》
1942　The Body in the Library《藏书室女尸之谜》
1943　The Moving Finger《魔手》
1950　A Murder Is Announced《谋杀启事》
1952　They Do It with Mirrors《借镜杀人》
1953　A Pocket Full of Rye《黑麦奇案》
1957　4.50 from Paddington《命案目睹记》
1962　The Mirror Crack'd from Side to side《破镜谋杀案》
1964　A Caribbean Mystery《加勒比海之谜》
1965　At Bertram's Hotel《伯特伦旅馆》
1971　Nemesis《复仇女神》
1976　Sleeping Murder《沉睡谋杀案》
1979　Miss Marple's Final Cases《马普尔小姐最后的案件》

其他系列及非系列

1922　The Secret Adversary《暗藏杀机》
1924　The Man in the Brown Suit《褐衣男子》
1925　The Secret of Chimneys《烟囱别墅之谜》
1929　Partners in Crime《犯罪团伙》
1929　The Seven Dials Mystery《七面钟之谜》
1930　The Mysterious Mr. Quin《神秘的奎因先生》
1931　The Sittaford Mystery《斯塔福特疑案》
1933　The Witness for the Prosecution and Other Stories《控方证人》
1934　Why Didn't They Ask Evans?《悬崖上的谋杀》

阿加莎·克里斯蒂 侦探作品年表

1934　The Listerdale Mystery《金色的机遇》
1934　Parker Pyne Investigates《惊险的浪漫》
1939　Murder Is Easy《逆我者亡》
1939　And Then There Were None《无人生还》
1941　N or M?《桑苏西来客》
1944　Towards Zero《零点》
1945　Sparkling Cyanide《闪光的氰化物》
1945　Death Comes as the End《死亡终局》
1949　Crooked House《怪屋》
1950　Three Blind Mice and Other Stories《三只瞎老鼠》
1951　They Came to Baghdad《他们来到巴格达》
1954　Destination Unknown《地狱之旅》
1958　Ordeal by Innocence《奉命谋杀》
1961　The Pale Horse《灰马酒店》
1967　Endless Night《长夜》
1968　By the Pricking of My Thumbs《煦阳岭的疑云》
1970　Passenger to Frankfurt《天涯过客》
1973　Postern of Fate《命运之门》
1991　Problem at Pollensa Bay《神秘的第三者》
1997　While the Light Lasts《灯火阑珊》

出版前言

纵观世界侦探文学一百七十余年的历史，如果说有谁已经超脱了这一类型文学的类型化束缚，恐怕我们只能想起两个名字——一个是虚构的人物歇洛克·福尔摩斯，而另一个便是真实的作家阿加莎·克里斯蒂。

阿加莎·克里斯蒂以她个人独特的魅力创造着侦探文学史上无数的传奇：她的创作生涯长达五十余年，一生撰写了八十余部侦探小说；她开创了侦探小说史上最著名的"黄金时代"；她让阅读从贵族走入家庭，渗透到每个人的生活中；她的作品被翻译成一百多种文字，畅销全球一百五十余个国家，作品销量与《圣经》《莎士比亚戏剧集》同列世界畅销书前三名；她的《罗杰疑案》《无人生还》《东方快车谋杀案》《尼罗河上的惨案》都是侦探小说史上的经典；她是侦探小说女王，因在侦探小说领域的独特贡献而被册封为爵士；她是侦探小说的符号和象征。她本身就是传奇。沏一杯红茶，配一张躺椅，在暖暖的阳光下读阿加莎的小说是一种生活方式，是惬意的享受，也是一种态度。

午夜文库成立之初就试图引进阿加莎的作品，但几次都与版权擦肩而过。随着午夜文库的专业化和影响力日益增强，阿加莎·克里斯蒂的版权继承人和哈珀柯林斯出版公司主动要求将版权独家授予新星出版社,并将阿加莎系列侦探小说并入午夜文库。这是对我们长期以来执着于侦探小说出版的褒奖,是对我们的信任与鼓励,更是一种压力和责任。

新版阿加莎·克里斯蒂作品由专业的侦探小说翻译家以最权威的英文版本为底本,全新翻译,并加入双语作品年表和阿加莎·克里斯蒂家族独家授权的照片、手稿等资料,力求全景展现"侦探女王"的风采与魅力。使读者不仅欣赏到作家的巧妙构思、离奇桥段和睿智语言,而且能体味到浓郁的英伦风情。

阿加莎作品的出版是一项系统工程,规模庞大,我们将努力使之臻于完美。或存在疏漏之处,欢迎方家指正。

新星出版社
午夜文库编辑部

Agatha Christie

Over the next few years, we plan to celebrate two very important Agatha Christie anniversaries. In 2015, it is the 125th anniversary of her birth in Torquay, South Devon, England, and in 2020 it will be 100 years after her first book, THE MYSTERIOUS AFFAIR AT STYLES, featuring her famous detective, Hercule Poirot, was published. This is therefore a very appropriate moment to publish a new edition of her works, and I am delighted that HarperCollins has chosen to work with New Star on these new editions. New Star is China's top crime publisher, and has a strong and dedicated editorial staff and a continued passion for Agatha Christie, making them the ideal partner. It is the right time to make these classic books available in modern translations and so to bring Agatha Christie's books anew to her many fans in China, giving them a new reason to re-read these much-loved stories, as well as introducing them to a whole new audience. How delighted Agatha Christie would have been that her stories (as she called them) are still giving so much pleasure to so many people all over the world!

I think there are two very remarkable things about Agatha Christie's stories. The first is that they are so adaptable. It doesn't really matter which language they appear in, the stories and the plots still give the same thrill, still provide the same puzzles, and the characters still have the same attraction. Readers in China will I am sure enjoy Hercule Poirot and Miss Marple just as much as we do in England, and readers in China will still be transfixed by the surprises and horrors of AND THEN THERE WERE NONE, one of the great classics of 20th century detective fiction, as we are here.

Agatha Christie

The second is that the stories give a wonderful picture of England, particularly rural England, at the time Agatha Christie lived. She wrote books from 1920 until 1970 but it is sometimes hard to tell which part of her life each book was written in. Her characters and the life they lived were very much the same. The life we all live is changing very quickly these days but the Agatha Christie world stays the same. Perhaps the Miss Marple stories provide the best example of this, and in some ways, THE BODY IN THE LIBRARY and NEMESIS are quite similar, despite the fact that thirty years elapsed between the time they were written.

Perhaps I might end by mentioning three Agatha Christies (other than the ones mentioned above) which I think demonstrate why she is so popular, even in the twenty-first century. The first is MURDER ON THE ORIENT EXPRESS, one of the most famous with one of the most ingenious and human plots. Read this on one of your long train journeys in China! Next is A MURDER IS ANNOUNCED, a Miss Marple which was her 50th book. It has my favourite murderer in it! And last is ENDLESS NIGHT a story about evil and how it affects three young people, written at the time when I knew her best, and understood how deeply she cared and sympathised with young people and the world they lived in.

Whichever are your favourites I hope you enjoy these stories that New Star are introducing to you again. I think it is a great publishing event.

Mathew *[signature]*
Grandson of Agatha Christie
Chairman of Agatha Christie Ltd

致中国读者

(午夜文库版阿加莎·克里斯蒂作品集序)

在未来的几年中,我们将要筹备两个非常重要的关于阿加莎·克里斯蒂的纪念日。二〇一五年是她的一百二十五岁生日——她于一八九〇年出生于英国的托基市,二〇二〇年则是她的处女作《斯泰尔斯庄园奇案》问世一百周年的日子,她笔下最著名的侦探赫尔克里·波洛就是在这本书中首次登场。因此,新星出版社为中国读者们推出全新版本的克里斯蒂作品正是恰逢其时,而且我很高兴哈珀柯林斯选择了新星来出版这一全新版本。新星出版社是中国最好的侦探小说出版机构,拥有强大而且专业的编辑团队,并且对阿加莎·克里斯蒂的作品极有热情,这使得他们成为我们最理想的合作伙伴。如今正是一个良机,可以将这些经典作品重新翻译为更现代、更权威的版本,带给她的中国书迷,让大家有理由重温这些备受喜爱的故事,同时也可以将它们介绍给新的读者。如果阿加莎·克里斯蒂知道她的小故事们(她这样称呼自己的这些作品)仍然能给世界上这么多人带来如此巨大的阅读享受,该有多么高兴啊!

我认为阿加莎·克里斯蒂的作品有两个非常重要的特征。首先它们是非常易于理解的。无论以哪种语言呈现,故事和情节都同样惊险刺激,呈现给读者的谜团都同样精彩,而书中人物的魅力也丝毫不受影响。我完全可以肯定,中国的读者能够像我们英国人一样充分享受赫尔克里·波洛和马普尔小姐带来的乐趣;中国读者也会和我们一样，读到二十世纪最伟大的侦探经典作品——比如《无人生还》——的时候，被震惊和恐惧牢牢钉在原地。

第二个特征是这些故事给我们展开了一幅英格兰的精彩画卷，特别是阿加莎·克里斯蒂那个年代的英国乡村。她的作品写于二十世纪二十年代至七十年代间，不过有时候很难说清楚每一本书是在她人生中的哪一段日子里写下的。她笔下的人物，以及他们的生活，多多少少都有些相似。如今，我们的生活瞬息万变，但"阿加莎·克里斯蒂的世界"依旧永恒。也许马普尔小姐的故事提供了最好的范例：《藏书室女尸之谜》与《复仇女神》看起来颇为相似，但实际上它们的创作年代竟然相差了三十年。

最后，我想提三本书，在我心目中（除了上面提过的几本之外）这几本最能说明克里斯蒂为什么能够一直受到大家的喜爱。首先是《东方快车谋杀案》，最著名，也是最机智巧妙、最有人性的一本。当你在中国乘火车长途旅行时，不妨拿出来读读吧！第二本是《谋杀启事》，一个马普尔小姐系列的故事，也是克里斯蒂的第五十本著作。这本书里的诡计是我个人最喜欢的。最后是《长夜》，一个关于邪恶如何影响三个年轻人生活的故事。这本书的写作时间正是我最了解她的时候。我能体会到她对年轻人以及他们生活的世界关心至深。

现在新星出版社重新将这些故事奉献给了读者。无论你最爱的是哪一本，我都希望你能感受到这份快乐。我相信这是出版界的一件盛事。

阿加莎·克里斯蒂外孙

阿加莎·克里斯蒂有限责任公司董事长

马修·普理查德

二〇一三年二月二十日

阿加莎·克里斯蒂侦探小说全集㊽

控方证人

The Witness for the Prosecution and Other Stories

[英] 阿加莎·克里斯蒂 著
王璐 译

新星出版社 NEW STAR PRESS

目录

1	死亡之犬
25	红色信号
53	第四个男人
77	吉卜赛人
91	灯
105	无线电
125	控方证人
153	蓝色瓷罐的秘密
179	阿瑟·卡迈克尔爵士的奇特病例
205	翅膀的召唤
225	最后的召灵会
245	SOS

死亡之犬

1

我是从美国报社记者威廉·P.瑞恩那里首次听闻这件事情的。在他回纽约的前一晚，我们于伦敦共进晚餐，我恰巧跟他提到明日我要去福尔布里奇。

他抬起头，尖声叫道："福尔布里奇，是康沃尔的福尔布里奇吗？"

如今极少有人知道在康沃尔有一个叫作福尔布里奇的地方。他们都理所当然地认为福尔布里奇在汉普郡。所以瑞恩的话不由得引起我的好奇。

"是的，"我说，"你知道这个地方？"

他仅仅回应说他恨死了那个地方，然后问我是不是恰巧知道那里有一所叫作特瑞纳的宅子。

我的兴趣被点燃了。

"正巧，事实上，我去的正是特瑞纳，那是我姐姐的宅子。"

"真巧，"威廉·P.瑞恩说，"如果它不是如此吸引眼球！"

我让他别再说这种令人困惑的话，好好向我解释解释。

"好吧，"他说，"要让我给你解释，必须先追溯战争初期我的一段经历。"

我叹了一口气，与此相关的这段故事发生在一九一二年。对战争的回忆恐怕是每个人都不愿意面对的事。感谢上帝，我们开始慢慢遗忘……可是，我所知的威廉·P.瑞恩的战争经历却很奇妙，还有点难以想象的曲折冗长。

但是如今却没有什么能够阻止他讲述这段经历。

"在战争初期,恐怕你也知道,为了做报道,我身处比利时,四处走动搜集消息。有一个小村庄,我叫它X。村庄里似乎有一间马厩,我实在是记不太清楚了,但是我记得那儿确有一所规模很大的女修道院。嗯,你是怎么称呼那些穿着白袍的修女的——我对她们的等级名称不太清楚。好吧,这个貌似不太重要。这个小村庄正好位于德国军队进军的路上,那些德国骑兵来了——"

我不安地挪动着身子,威廉·P.瑞恩伸出一只手抚慰我。

"别担心,"他说,"这不是一个关于德国人暴行的故事。它可能会这样发展,但实际上没有。事实上,这可以说是把靴子错穿在另一只脚上的故事。那些德国佬朝着女子修道院进发——他们抵达了那里,整个故事就开始了。"

"噢!"我非常吃惊地大叫。

"很奇怪,不是吗?当然,我理应说这些德国佬开始庆祝,还拿着他们的炸药到处耀武扬威。但是看起来他们似乎并不太懂那些炸药,他们不是爆破高手。那么现在,我问你,一群修女对烈性炸药能有多少了解?我是说,一些修女!"

"确实很奇怪。"我赞同道。

"我饶有兴趣地听农夫们给我描述这件事。他们已经把整件事裁切浓缩了。据他们所说,这十足是一件一流的现代奇迹。其中一位修女似乎颇负盛名——一位成长中的圣徒——进入过迷离恍惚的状态并且看到了神迹。据他们所说,她展示了特异功能:招来雷电去轰炸一个不信神的野蛮人——雷电正好击中了他,而且没有殃及周围其他事物。真是个了不起的超级奇迹!

"我从来没有探究这件事的真相——时间不够。但是那时关于奇迹的说法十分流行——蒙斯的天使什么的。我记录下了这些事,加入了一些感伤的成分,在故事的末尾处将之归结为宗教主题,然后把它寄往报社。结果它在美国相当受欢迎。当时,他们就喜欢读这类东西。

"但是(我不知道你是否明白)在写作中,我产生了更浓厚的兴趣。我想知道究竟发生了什么。在现场我没发现什么东西。两堵墙依旧立在那儿,其中一堵墙上有一个黑色的烧焦的印记,可以看得出是一头巨型犬的形象。

"附近的农夫快要被这个黑色的印记吓死了。他们叫它死亡之犬,每当天黑以后,他们会避免从那儿经过。

"迷信总是特别有意思。我想我最好还是见一下那位具备特异功能的女士。据说,她并没有死亡,而是带领着一群难民逃往英国。我费了很大劲儿才追寻到她的踪迹。我发现她被送往特瑞纳,就是位于康沃尔的福尔布里奇。"

我点点头。

"战争初期,我姐姐收容了许多来自比利时的难民,大约有二十个。"

"嗯,我总是希望,如果有时间的话,能拜访一下那位女士。我想亲自听听她自己描述那场灾难。但是,我总是忙完这个忙那个,这件事渐渐从我的记忆中溜走。康沃尔都快要被忘光了。实际上,我甚至忘了整件事,直到你刚才提到福尔布里奇,我才又想起它。"

"那我得问问我的姐姐,"我说,"没准儿关于这件事她听说过些什么。当然,那批难民早就被遣返回国了。"

"那是自然。但是如果你姐姐知道些什么,我会非常高兴你能转述给我。"

"我当然会。"我衷心地说。

整件事就是这样。

2

我到特瑞纳的第二天,故事再次发生在我身上。当时,姐姐和我正在露台一起饮茶。

"吉蒂,"我说,"在你收容的比利时难民中,有没有一位修女?"

"你说的是玛丽·安琪莉可嬷嬷吗?"

"或许是她,"我小心谨慎地说,"告诉我一些关于她的事吧。"

"噢!亲爱的,她是那种最古怪的人,知道吗,她还留在这儿呢。"

"什么?在这所宅子里?"

"不是,不是,在这个村子里。罗斯医生——你还记得罗斯医生吗?"

我摇了摇头。

"噢!早些年是莱尔德医生。后来他去世了,罗斯医生才刚到这儿没几年。他相当年轻,并且对新观念特别热衷。他对玛丽·安琪莉可嬷嬷怀有极大的好奇。她有幻想能力和特异功能。你知道,这从医学的观点来看,是一件极有吸引力的事。不幸的是,她没有地方可待——在我看来这真是非常疯狂,却又感人至深,如果你能明白我说的是什么意思——嗯,正如我刚才所说,她没地方可去,罗斯医生体贴地为她在村子里做好安排。我觉得他正在撰写一篇专题论文或是什么医生所要写的文章,与她相关。"

她停顿了一下,接着说:

"可是，你是怎么知道她的？"

"我听闻了一个相当奇异的故事。"

我把从瑞恩那里听到的转述给了姐姐，吉蒂对此非常感兴趣。

"她看起来像那种能对你施加诅咒的人——你知道我在说什么。"她说道。

"我真的想……"我说，兴趣更加浓厚了，"我必须见见这位年轻的女士。"

"没问题，我想知道你是怎么看待她的。我们先去拜访罗斯医生。为什么不等下午茶结束后直接去村子里呢？"

我同意了这个提议。

罗斯医生正好在家，我向他做了自我介绍。他看起来是一个友善的年轻人，但是他个性中的某些东西让我觉得有些反感。要完全接受他对我来说有点勉为其难。

当我提到玛丽·安琪莉可嬷嬷的时候，他忽然来了精神。显然，他看起来非常感兴趣，我把瑞恩所描述的故事告诉了他。

"噢！"他若有所思地脱口而出，"这就解释了很多东西！"

他抬头飞快地瞟了我一眼，接着说：

"这个病例确实极其有意思。这位女士到这里的时候显然遭到了某些精神创伤。同样的，她也处于高度的精神亢奋中。因为受到过某些东西极大的惊吓以至于她产生了幻觉。她是一个不同寻常的人，或许你应该跟我一起去拜访她。她实在是值得一见。"

我立即答应了。

我们一起出发，目的地是位于这个村庄边缘的一栋小房子。福尔布里奇是一个风景如画的地方。它的大部分地区位于福拉河入海口的东岸，而河的西岸则太陡峭了，不适宜盖房子，但是依然有一些房子紧紧贴着悬崖峭壁而建。医生自己的房子就在河西岸的峭壁的最边缘处。从那里，你能看到巨浪在拍打着黢黑的岩石。

我们要去的那间小房子则建在内陆，看不到海。

"乡村巡回护士住在这儿，"罗斯医生解释道，"我安排玛丽·安琪莉可嬷嬷寄宿在此。这样一来她就可以得到很好的护理了。"

"她的举止是否正常？"我好奇地问道。

"一会儿你可以自己判断。"他笑着回应道。

乡村巡回护士是一个友善、矮胖的女人。我们到达的时候，她正准备骑自行车出门。

"晚上好，护士，你的病人怎么样了？"医生喊道。

"跟往常一样，医生。她正坐在那儿，交叠着双手发呆。当我跟她讲话时，她常常不回应，因为直到现在她也不怎么懂英语。"

罗斯点了点头。目送护士骑车离开后，他登上台阶，使劲敲了敲房门，接着走了进去。

玛丽·安琪莉可嬷嬷躺在靠近窗户的一张长椅上。当我们进屋的时候，她把头转了过来。

这是一张奇异的脸——苍白、通透的脸庞上，镶嵌着一双深不可测的眼眸。眼眸里似乎蕴含着难以言说的无尽的感伤。

"晚上好，我的嬷嬷。"医生用法语打招呼。

"晚上好，医生。"

"请允许我介绍一个朋友，安斯特拉瑟先生。"

我弯腰致意，她点了点头，微微一笑。

"今天感觉怎么样？"医生询问道，在她身边坐下来。

"跟往常一样，"她停顿了一下，然后接着说，"对我来说什么都是虚幻的。那些流逝的是日子——还是月——抑或是年？我不知道，只有梦对我来说真实可感。"

"那么，你依然会做很多梦？"

"一直都是——一直——你能明白吗？梦似乎比生活更真实。"

"你梦到了自己的国家——比利时？"

"没有，我梦到了一个从来不存在的国家——从来。但是你知道，医生，我告诉过你很多次。"她停了下来，又突然接着说，"但是或许这位先生也是位医生——或许是脑科医生？"

"不是的，不是，"罗斯安抚她道，但是当他笑的时候我注意到了他异常突出的犬牙。它让我感到他有些像一头狼。他继续说道：

"我觉得你应该对与安斯特拉瑟先生会面很感兴趣。他知道关于布鲁塞尔的一些事。最近，他还听说了关于你们的修道院的事情。"

她的目光转向了我，一抹微微的红晕涌上了她的脸颊。

"其实没什么，"我赶紧解释道，"只是有一天晚上我和我的一位朋友共进晚餐，他向我描述了那堵修道院被毁的墙。"

"它真的被毁了吗？"

这是一个苍白无力的解释，与其说是解释给我们听，倒不如说是给她自己。然后她再次看着我，犹豫地问道："告诉我，先生，你的朋友有没有说它们是怎么——被用怎样的方式——毁掉的？"

"它被炸毁了。"我回答，并补充道，"那里的农夫们晚上不敢从那儿经过。"

"他们为什么会害怕？"

"因为在损毁的墙上有个黑色的印记。他们对此有一种充满迷信的恐惧。"

"告诉我,先生——快点——快点告诉我!那个印记看起来像是什么?"

"看上去像一头大型犬,"我回应道,"那些农夫称它为死亡之犬。"

"啊!"

从她的嘴里爆发出一声尖叫。

"那么这是真的——它们是真的。我所记得的都是真的。不是一些黑色的噩梦。它们发生过!它们发生过!"

"发生了什么,我的嬷嬷?"医生低声问道。

她兴奋地转向了他。

"我记得。在台阶上,我记得,我记得它出现的方式。我使用了我们常常使用的那种力量。我站在祭台的台阶上,警告他们不要再靠近。我让他们平静地离开。他们就是不听,他们还是继续前进,尽管我已经警告过他们。然后——"她身子前倾,做出了一个奇怪的手势,"然后我就向他们放出了死亡之犬……"

她躺回长椅里,全身颤抖,闭上了眼睛。

罗斯医生从壁橱里取出一只玻璃杯,倒入半杯水,然后加入了一两滴从他口袋里拿出的瓶子里的药水,接着把杯子递给了她。

"喝下这个。"他威严地说。

她顺从地喝了水——看起来相当机械。她的眼眸似乎深不可测,好像正试图窥见她的某些内心幻景。

"然而它们都是真的,"她说,"每一件事,环状的城市,水晶般的人们——每一件事,都是真的。"

"看起来似乎是。"罗斯说。

他的声音既低沉又舒缓,明显是打算鼓励她,不打扰她的思绪。

"给我讲讲那个城市的事,"他说,"那个环状的城市,你说的那个?"

她茫然又机械地回答道:

"是的——那里有三个圆环。第一个圆环是给那些被神挑选出来的人,第二个圆环是给女祭司,最外层的那个是给牧师。"

"那么处于中央的是什么?"

她猛地吸了一口气,音调变得低沉,带着一种难以言说的敬畏感。

"水晶的房子……"

当她吐出这些话的时候,她的右手覆在前额上,手指在前额处描绘着些什么。

她的手指看起来似乎变得更加僵硬,眼睛紧闭着,她轻轻地摇摆起来……然后忽然间,她挺直了身体,仿佛猛然被惊醒了。

"什么?"她疑惑地问道,"我刚刚说了什么?"

"没什么,"罗斯医生说,"你累了,需要休息一下。我们先告辞了。"

当我们离开时,她看起来有点茫然不知所措。

"那么,"到外面时,罗斯说,"你怎么看待她的表现?"

他用尖锐的眼神斜瞟着我。

"我觉得她的神智已经彻底错乱了。"我缓缓地说。

"这令你很震惊?"

"不——实际上,她——嗯,有一种奇妙的说服力。听她说话时,我感觉到她确实做了她所声称做过的事——制造了一个巨大的奇迹。她十分坚信自己这样做了,这就是为什么——"

"这就是为什么你说她的神智一定错乱了。的确是这样,但是现在从另一个角度考虑,假设她真的制造了一个奇迹——假设她做了,用她的特异功能,损毁了一栋建筑还有数百敌人的性命。"

"单单是靠意志?"我微笑着问。

"我确实不太想把它归结为那样。但是你也会同意,有些人确实能够通过控制我们系统的某个开关来毁灭一群人。"

"是的,但是那是机械。"

"确实,那是机械,但是,本质上,它也是对自然力量的利用和控制。雷暴和发电厂,实质上,是一类东西。"

"是的,但是为了控制雷暴,我们需要运用机械工具。"

罗斯笑了。

"我忽然改变了看法。有一种物质叫作鹿蹄草,它在自然界以蔬菜的形式出现。它同样也能被人在实验室里通过化学手段合成出来。"

"你想说什么?"

"我的观点是,为了达到同一个目的往往有两条路。我们的路径,毋庸置疑是合成的。但是可能有另一条路径——例如,印度托钵僧获得的那些不可思议的结果——且这无法用现行的简单方式来解释。我们称之为超自然的东西,可能不过是还没被了解的某些自然法则罢了。"

"你的意思是?"我着迷似的问道。

"我不能全然否认这种可能,一个人可能拥有一种极大的破坏力量,且能用这种力量达到他或她的最终目的。这种达成目标的方式在我们看来似乎是超自然的——但是在现实中,它却可能真实存在。"

我盯着他。

他大笑起来。

"这仅仅是一个猜测,"他轻声说,"告诉我,当她提到那间水晶房子的时候,你是否注意到她做出的手势?"

"她把自己的手覆在了前额上。"

"的确,她还在那儿画圈。跟天主教徒画十字架十分相似。现在,我要告诉你一些有趣的事。安斯特拉瑟先生,在我的病人的胡言乱语中,'水晶'这个词高频度地出现。我做过一个实验,我从某人那里借来一个水晶制品,有一天我出其不意地拿出它,用来测试我的病人对它的反应。"

"结果怎样?"

"嗯,结果非常奇怪而且具有一定的暗示性。她全身僵硬,盯着它的神情就好像无法相信自己的眼睛。然后她跪坐在地上,面对着水晶,嘴里嘟囔着一些词——接着昏迷了。"

"她说了什么?"

"一些十分古怪的词,她说:'水晶!那么信仰仍旧存在!'"

"奇怪!"

"含义深远,不是吗?接下来的事情也怪极了,当她从昏迷中醒过来的时候,已经忘了这整件事。我向她展示了水晶,问她是否知道它是什么。她回答说可能是某位预言家曾经用过的水晶。我问她之前是否见过类似的。她回答说:'从没有,医生。'但是我在她的眼睛里看到了一丝疑惑。'什么困扰了你,我的嬷嬷?'我问。她回答道:'因为这实在是太奇怪了,之前我从未见过水晶,但是——我好像很了解它。好像有什么——如果我能记起来的话……'显然,努力回忆让她很疲惫,因而,我就不再让她想了。那是两个星期以前的事，我打算等待时机。明天，我要做一个更进一步的实验。"

"利用水晶？"

"是的，利用水晶。我会要求她凝视水晶。我想结果一定很有意思。"

"你打算怎么做？"我好奇地问。

我只不过是随口问问，但是我的话好像带来了意外的结果。罗斯浑身僵硬，满面红光，他的举止随着他的言谈似乎也为之一变，看起来更加正规，更加专业。

"一些精神失常方面的专业知识还不能被很好地理解。玛丽·安琪莉可嬷嬷是一个最有意思的研究病例。"

所以罗斯的兴趣仅仅是因为他的专业？我有些怀疑。

"你介意我也与你一道吗？"

可能是我的错觉，但我确实感到他在回应之前有过小小的犹豫。我忽然产生了一种直觉，那就是他不想让我参与其中。

"好的，我没什么理由反对。"他又补充道，"我想你不会在这里待太久吧？"

"只待到后天。"

我想这个回答让他感到高兴。他的眉毛舒展开来，开始讲最近在豚鼠身上所做的实验。

3

第二天下午，我按照约定和医生碰面后，一起去拜访玛丽·安琪莉可嬷嬷。今天，医生显得非常和善。我觉得，他是急于消除前一天他留给我的印象。

"你最好不要把我说的话太当真,"他看着我,大声笑道,"我不希望你把我当成秘术的涉足者。我身上最糟糕的地方就是我有一个可憎的缺点——总是喜欢去寻找真相。"

"是吗?"

"是的,越是古怪的事,我越感兴趣。"

他笑得就像是一个人无情地嘲笑别人某个有趣的缺陷一样。

我们抵达那栋房子之后,巡回护士有些问题想要向罗斯医生请教,所以我留下来陪着玛丽·安琪莉可嬷嬷。

我察觉到她在仔细观察我。过了一会儿,她开口道:

"这里的护士非常不错,她告诉我你是那位善心女士的弟弟。我从比利时逃难过来的时候,就住在那所大宅子里。"

"是的。"我说。

"她对我很好,她非常善良。"

她安静下来,好像在捕捉某些思绪。然后她说:

"医生,他也是个好人吗?"

我感到有些尴尬。

"为什么这么说,嗯,我的意思是——我觉得是。"

"噢!"她停顿了一下,然后说,"他确实一直对我很友善。"

"我敢肯定他是的。"

她猛然抬起头来看我。

"先生……你……现在告诉我……你相信我是个疯子吗?"

"为什么这么说,我的嬷嬷,我从未有过这样的想法——"

她缓慢地摇着头,打断了我的话。

"我疯了吗?我不知道——我所记得的事情——我忘记的事情……"

她叹了口气,正在这时,罗斯进入了房中。

他热情洋溢地跟她打招呼，然后向她说明了他想让她做的事情。

"某些人，你知道，有某种天赋能看到水晶里的东西。我想你或许拥有这种天赋，我的嬷嬷。"

她看起来相当痛苦。

"不，不。我不能那样做。试图解读未来——那是有罪的。"

罗斯大吃一惊。他没有从这位修女的角度考虑问题。他非常聪明地转换了主题。

"人不应当窥探未来——你说得很对。但是回望过去，就不一样了。"

"过去？"

"是的——在过去发生过许多奇怪的事情。如光照耀我们——一时间被感知到，然后很快又消逝。你不要试图在水晶中捕捉所有的东西，只要把它握在手里——像这样，看着它——深入地看，是的——更加深入——一直深入。你记起来了，不是吗？你记起来了，你听得到我对你说话。你能回答我的问题。你听得到吗？"

玛丽·安琪莉可嬷嬷把水晶当作神圣的东西，用一种奇异的敬畏感握着它。然后，她凝视它时，她的眼神变得茫然且空洞。她的头垂了下来，看上去好像睡着了。

医生轻柔地把水晶从她的手里拿出来，放在了桌子上。他翻了一下她的眼皮，接着走到我身边坐下。

"我们必须等她醒过来。不会等太久的，我想。"

他说得对，五分钟后，玛丽·安琪莉可嬷嬷动了动，她的眼睛恍惚地睁开了。

"我在哪儿？"

"你在这儿——在家,刚刚小憩了一下。你做梦了,是吗?"

她点了点头。

"是的,我做梦了。"

"做了关于水晶的梦?"

"是的。"

"给我们讲讲。"

"你们会以为我疯了。医生,在梦里,我看到了你,那水晶是神圣的象征。我甚至把它当作第二个上帝,水晶的先师为了他的信仰而死,他的追随者们被穷追猛打——被迫害……但是信仰永存。

"是的——延续了一万五千次满月——我的意思是,延续了一万五千年。"

"一次满月持续多久?"

"有十三个普通的月份那么长。是的,在一万五千次满月中——当然,我是水晶之屋的第五个神迹的女祭司。就在第六个神迹到来的第一天……"

她眉头紧皱,一丝惊恐的表情从她脸上掠过。

"太快了,"她喃喃道,"太快了,一个错误……噢!是的,我记起来了!第六个神迹……"

她跳起来,跳到一半,又落了下去。她用手滑过自己的脸,然后喃喃低语道:

"但是我都说了些什么?我在说胡话,这些事情从未发生过。"

"现在不要让你自己那么痛苦。"

但是她用极度痛苦困惑的眼神注视着他。

"医生,我不明白。为什么我会做这些梦——这是虚幻的吗?我十六岁的时候开始了宗教生活。我从未旅行过,但是梦到了城市、城市中的陌生人,以及陌生的习俗。为什么?"她双手都覆在额头上。

"你曾经被催眠过吗,我的嬷嬷?或是进入过催眠状态?"

"我从未被催眠过,医生。另外有一件事,在祈祷室祈祷的时候,我的精神经常从我的躯体中脱离,我好像死过去了好几个小时。这毫无疑问是一种神佑的状态,院长嬷嬷说过——这是一种神赐的状态。噢!是的,"她喘了口气,"我记得,我们也称它为神赐的状态。"

"我预备做一个实验,我的嬷嬷。"罗斯坦诚地说,"它可能会驱散那些痛苦的有些模糊的记忆。我会要求你再次凝视那块水晶。然后我会向你说某些词,你用另外一些词回答。我们一直持续这样,直到你感觉累为止。集中注意力在水晶上,而不是那些词语上。"

当我再次拿出水晶,把它递到玛丽·安琪莉可嬷嬷的手上时,我注意到她触碰水晶时的虔敬。水晶下面垫着黑色的天鹅绒,躺在嬷嬷纤弱的手掌上。她美妙而深邃的眼睛紧紧盯着它。一阵短暂的安静过后,医生说道:

"犬。"

玛丽·安琪莉可嬷嬷立马回应道:"死亡。"

4

我并不打算对这次试验进行详细的阐述。医生刻意在谈话中引入了许多不甚重要和没有意义的词语。有些词语被他重复了很多遍,有时得到相同的回答,有时则不一样。

在医生的那栋紧贴着悬崖峭壁的小房子里,我们对本次实验的结果进行了讨论。

他清了清喉咙，然后把他的笔记本拿近了一些。

"这些结果非常有意思——十分古怪。在关于'第六个神迹'的回答上，我们得到了多种多样的答案，有毁灭、紫色、犬、炸药，接着再一次出现了毁灭，最后是炸药。你应该也注意到了，我掉转了问题的顺序，获得了下面的结果。当问到毁灭的时候，得到了犬的回答；问到紫色的时候，得到了炸药的回答；当问到犬的时候，得到了死亡的回答；再问一次，说到炸药的时候，得到了犬的回答。把所有的都集中在一起就是这么些了。但是第二次问到毁灭的时候，我得到了海洋的回答，这看起来完全不相干。对于"第五次神迹"的回答，我得到了蓝色、思想、鸟，然后又是蓝色，最后得到的是一句很有暗示性的话：心灵对话之路。鉴于"第四次神迹"得到的回答是黄色，之后是光，"第一次神迹"得到的回答是血，我推断每一次神迹都有着相对应的颜色，可能还有相对应的符号。就比如第五次神迹对应鸟，第六次是犬。不管怎样，我推测第五次神迹代表着我们通常所说的心灵感应——心灵对话之路。第六次神迹毫无疑问代表着毁灭性的力量。"

"那海意味着什么？"

"老实说我也解释不了。随后我引入这个词，得到了一个普遍的回答：船。对于第七次神迹，我第一次得到了生命这个词，第二次得到了爱这个词。而第八次神迹，我得到了无这个词。据此，我推测七就是这些神迹的终结和总和。"

"但是第七次并没有实现，"我灵机一动，"既然第六次神迹已经引来了毁灭！"

"噢！你是这样想的？但是我们要把这些——非常严重的神

智混乱——考虑在内。它们只有从医学的角度来看才是真正有意义的。"

"确实，它们会引起那些超自然研究者的兴趣。"

医生的眼睛眯了起来："亲爱的先生，我并不打算把这些公布于众。"

"那么你的兴趣是什么？"

"仅仅是个人的好奇。当然我会给这个病例做记录。"

"我明白了。"但是我第一次感到，自己就像盲人一样，一点也看不清楚。我起身准备告辞。

"嗯，愿你有个美好的夜晚，医生，我明天就离开这里去镇上了。"

"啊！"我觉得在医生这声惊呼的背后，是一种满意，可能还有如释重负。

"祝你的调查顺利。"我继续愉快地说道，"当我们再次碰面的时候，别向我释放出那头死亡之犬。"

我跟他说话时，他的手握住了我的，我感到了一阵颤抖。但他迅速恢复正常，咧开嘴一笑，露出了那颗显眼的牙。

"对于一个迷信力量的人，把每个人的命运掌握在自己手里的那种力量，将有何等的意味！"他说。

他的笑容更灿烂了。

5

这就是我与这件事直接相关的始末了。

后来，医生的笔记本和日记都到了我的手上。我将在这里复述这件事的大致过程，你会知道，直到后来我才真的了解了这前后始末。

八月五日。通过"上帝的选民"发现，玛丽·安琪莉可嬷嬷指的是那些能繁育种族的人。显然，他们身处最高的荣光中，比神父的地位更高，足以与早期的基督教信徒相比。

八月七日。玛丽·安琪莉可嬷嬷让我给她催眠。成功引出催眠时的昏睡和恍惚的状态，但是并没有建立任何的关联。

八月九日。在过去确实存在一个我们都不知道的文明，在那里我们什么都不是。奇怪的是，如果真是这样，那么我是唯一知道通往那里的线索的人……

八月十二日。玛丽·安琪莉可嬷嬷在催眠状态下，表现得很不顺从——虽然恍惚的状态非常容易被诱发。我很不理解这种现象。

八月十三日。玛丽·安琪莉可嬷嬷提到了"神赐的状态"和"大门必须是紧闭的，以免被其他人侵入，控制你的身体"。很有意思——但是也很令人困惑。

八月十八日。如果第一次神迹不是别的而是……（这里被擦掉了）……那么之后要多少个世纪才能出现第六个神迹？但是如果有一条捷径能通往某种力量……

八月二十日。已经安排了玛丽·安琪莉可嬷嬷跟护士一起来这儿。告诉她给病人持续服用吗啡是有必要的。我疯了吗？又或者我是超人，在我手中掌握着死亡的力量？

（记录到此为止）

6

我记得，我是在八月二十九日接到这封信的。信——用一种外国斜体手书——是写给我的，由我的嫂子转交。我带着些许疑虑打开了它。内容如下：

亲爱的先生，我只跟你见过两次，但是我感觉我能信任你。不论我的梦是真还是假，越到后来它们就越发清晰……并且，先生，所有的事情中，关于死亡之犬的那件事，它不是梦……那时我告诉你（不管它们是真实的还是虚假的，我不知道）水晶护卫太早向人们披露关于第六次神迹的事情……罪恶腐蚀了人心。他们随意杀人——杀戮的时候丝毫不讲正义——只是处于狂怒的状态。他们沉醉于力量的强烈欲望中。当看到这些的时候，我们这类仍然保持纯净的人知道如果再这样下去的话，我们将不能完成这个圆环，因此无法回到永生的神迹中去。担任下一个水晶护卫的人被逼采取了行动。那个年长的将会死去，那个新人，经过了无尽的岁月后，将会再次重生，他在海边释放出死亡之犬（尽量小心不把圆环关闭），大海会涌起犬形的浪花，而后把陆地全部吞噬……

当我想起这些时——是在比利时的祭坛的台阶上……

那位罗斯医生，他是我们的兄弟。他知道第一次神迹，以及第二次神迹的形式，除了很少的一些选民之外，其他人是不会知道这些隐秘之事的。他向我了解第六次神迹，至今我都拒绝向他透露——但是我变得越来越虚弱，先生，一个人在他应有的时机之前得到力量是不适当的。只有当许多个世纪过去后,世界才会准备好把这种死亡力量传递到他的手中……我恳求您,先生,您热爱上帝和真理,帮帮我……不要等到一切都太迟了。

你的姐妹,
玛丽·安琪莉可

信从我的手中滑落,我脚踩的坚实的地面似乎也不如往常那么坚实了。接着我开始打起精神。那个可怜女人的信仰,足够诚恳,几乎影响到了我!有一件事非常明确:罗斯医生,在这个病例的研究中十分狂热,滥用了他的职业身份。我应该去查明这件事,然后——

突然我在其他的信件中发现了一封来自吉蒂的信。我把它拆开看。

"发生了一件多么可怕的事啊!"我读道,"你记得罗斯医生位于悬崖峭壁上的小房子吗?昨天晚上它被一场山体滑坡卷走了,医生和那个可怜的护士,还有玛丽·安琪莉可嬷嬷,都遇难了。海滩上的残骸简直太可怕了——它们全成了古怪的一堆——从远处看,像是一头巨型犬……"信从我的手中滑落。

还有一件事或许是巧合。另一位罗斯先生,据我了解他是罗斯医生的一个有钱的亲戚,也于同一天晚上暴毙——据说是被雷击中了。但是据我们所知在这附近并没有发生过雷暴,只是有那么一两个人声称他们听到过一阵雷声。死者的尸体上有一处"形状奇怪"的电击伤痕。那位先生把他的所有财产都留给了自己的侄子,罗斯医生。

现在,假定罗斯医生从玛丽·安琪莉可嬷嬷那里成功地掌握了第六次神迹的秘密。我一直认为他是一个不道德的人——如果他知道自己没法万无一失地继承财产，他会毫不迟疑地取了他舅舅的性命。但是玛丽·安琪莉可嬷嬷的一句话忽然闪现在我的脑海里——"要尽量小心不要把圆环关闭……"然而罗斯医生在执行的时候不够小心——很可能没有注意到执行的步骤，或是甚至不知道为了完成步骤需要什么。所以他所利用的那股力量反噬过来，把那个圆环关闭了。

但是这一切当然是胡言乱语！所有的事情都能用相当正常的方式去解释。医生之所以相信玛丽·安琪莉可嬷嬷的幻觉只能证明他自己的神智，同样也有点错乱。

然而有时候我会梦到位于海底的一块大陆，生活于此的人们拥有远超我们的文明程度……

又或者，玛丽·安琪莉可嬷嬷记得过去的事情——有些人的说法可能是真的——这个环形城市存在于未来而不是过去？

无稽之谈——这整件事当然只是我的幻想！

红色信号

"不，这太令人毛骨悚然了。"美丽的埃弗斯莱夫人说，睁大了她那双漂亮却稍显无神的眼睛，"他们经常说女人有第六感，你觉得是吗？阿林顿爵士？"

那位著名的精神病学家报以嘲讽似的微笑。对于这种美丽却愚蠢的人——正如他的这位访客——他总是怀有无限的轻视。阿林顿·韦斯特在精神疾病方面是最权威的专家，并且他非常在意他的地位和重要性。一个在各个方面都有些自负的人。

"我只知道，这都是一大堆废话，埃弗斯莱夫人，第六感这个术语的意思是什么？"

"你们这些搞科学的人总是那么较真。它的意思是能够明确感知事物的一种奇特方式——只是知道，能感觉到它们，我的意思是非常奇怪——但是确实能够感知。克莱尔知道我说的是什么意思，是不是，克莱尔？"

她噘着嘴，斜着肩膀向旁边的女主人求救。

克莱尔·特伦特并没有马上回应。这是一个小型晚宴，参加的人有她和她的丈夫，维奥莱特·埃弗斯莱，阿林顿·韦斯特爵士，以及他的侄子，德莫特·韦斯特——杰克·特伦特的一位老朋友。杰克是一位面色红润的结实男子，此时他正愉快地微笑着，笑容舒展而慵懒。他接过了这个话头。

"一派胡言，维奥莱特！你最好的朋友因为一场铁路交通事故不幸离世。你立即想起周二的晚上你不可思议地梦到了一只黑猫，就觉得一定会有什么不祥之事发生。"

"噢，不是的，杰克，你混淆了预感和直觉。我说，现在，阿林顿爵士，你得承认预感是真实存在的了吧？"

"可能在某种程度上吧。"这位医学专家小心谨慎地回答道，"但是这其中大部分是源于巧合，而且推进事物发展的趋势大多是相同的——你必须把这些也考虑进来。"

"我不认为存在预感这种东西。"克莱尔·特伦特忽然插了一句话，"或者说直觉，第六感，或是任何我们谈论的那些不着调的东西。我们的一生就像一辆匆匆驶过黑暗隧道的火车，向着不明的目的地奔去。"

"这很难说是一个贴切的比喻，特伦特夫人。"德莫特·韦斯特先生说，第一次抬起了头，加入到这场争论中。在他清澈的灰色眼睛里闪现出一种好奇的光芒——在晒成黑褐色的脸庞上古怪地闪烁着，"你瞧，你已经忘了那些信号。"

"信号？"

"是的，绿色信号代表安全，而红色——代表着危险！"

"红色——代表危险——多可怕啊！"维奥莱特·埃弗斯莱喘着气说。

德莫特非常不耐烦地背过身。

"当然，这仅仅是一种描述方式。前方有危险！红色信号！小心！"

特伦特非常好奇地盯着他。

"你好像在描述一次真实的经历，德莫特，我的老朋友。"

"我是说，是的——确实发生过。"

"跟我们讲讲。"

"给你们举个例子。在美索不达米亚平原——休战后,当我晚上走进帐篷时,一种强烈的感觉笼罩着我。危险!小心!这个想法就如鬼魂一样在我身边到处游荡着。我在营地周围小心地巡视,为了预防不测,我还对怀有敌意的阿拉伯人可能进行的攻击做了预防措施。然后我回到了自己的帐篷。但我一进去,那种感觉又出现了,比之前的更为强烈。危险!最终,我拿了一条毛毯,把自己裹起来,睡在了外边。"

"然后呢?"

"第二天早晨,当我进入帐篷的时候,首先看到的是一道巨大的刀痕——大约有半尺那么长——直直砍下来穿透了我的床铺,就位于我昨天要躺的地方。我很快查明了真相——是一个阿拉伯仆人干的。他的儿子是间谍所以被射杀了。对这件事你怎么看呢,阿林顿舅舅,这个被称作红色信号的事例?"

这位专家冷峻地笑了。

"一个非常有意思的故事,我亲爱的德莫特。"

"但这不是你能无条件接受的案例?"

"是的,是的,我毫不怀疑你确实具有对危险的直觉,就如你所说的那样。但是我所质疑的是这种直觉的根源。据你所说,它来源于外界,你的精神受到了外界的某些刺激,故而产生了这样的印象。但是如今我们发现几乎每件事都来源于内心——来自我们的潜意识。"

"好一个古老的潜意识,"杰克·特伦特叫道,"如今它是万能的了。"

阿林顿爵士继续说着,丝毫不理会他的插话。

"我估计,当你偶尔不经意地一瞥或是发现那个阿拉伯人有背叛你的企图时,你的意识本身不会注意到或是记得这些,但是你的潜意识却不同。潜意识永远不会忘记。我们也相信，它可以在某种程度上独立于更高级的意识。你的潜意识坚信有人可能企图要暗杀你，然后成功地把它的恐惧渗入了你的意识当中。"

"这听起来似乎非常有说服力，我觉得。"德莫特笑着说。

"但是一点也不令人感到兴奋。"埃弗斯莱夫人嘟囔着。

"又或者在潜意识里，你可能感受到了那个人对你的仇视情绪。过去常常被称作'心灵感应'的这种东西是存在的，但是我对控制它的条件不是很了解。"

"还有别的例子吗？"克莱尔向德莫特问道。

"噢！是的，但是不那么形象生动——而且我觉得它们都可以用巧合来解释。有一次，我婉拒了一个赴乡间别墅的邀请，没有别的原因，就是因为我感到了'红色信号'的威胁。结果那个地方没过一个礼拜就被烧毁了。顺便问问，阿林顿舅舅，在这件事中潜意识是怎样产生的呢？"

"我恐怕说不出什么产生的理由。"阿林顿先生笑着说。

"但是你之前已经做出过一个很好的解释了。说吧，没有必要对自己的近亲还那么圆滑。"

"那么，嗯，侄子。恕我冒昧，我设想你是因为一个非常普通的原因，即你自己并不是多想去而拒绝了这次邀请。接着发生了那场火灾，事后你暗示自己感受到了危险的警告，这就解释了为什么现在你会如此毫不怀疑地相信。"

"没戏了，"德莫特笑道，"开头就是你赢，结尾还是我输。"

"不要介意，韦斯特先生，"奥维莱特·埃弗斯莱叫道，"我绝对相信你的红色信号。在美索不达米亚的那次是你最后一次感觉到它吗？"

"是的——直到——"

"直到什么?能详细说说吗?"

"没什么。"

德莫特静静地坐下了。几乎要从他唇边脱口而出的话是:"是的,直到今天晚上!"这些话似乎自发地冲到他的唇边,传达着一个没有被清楚感觉到的想法,但是他立马意识到它们是真的。那个红色信号在暗处隐隐闪现着。危险!危险即将到来!

但是为什么?在这里会发生什么可能的危险呢?在这所他朋友的房子里?至少——嗯,是的,有一种危险。他看着克莱尔·特伦特——白皙的皮肤,纤细的身段,布满金黄头发的脑袋优雅地低垂着。但是那种危险停留在她那儿——好像一直不那么强烈。杰克·特伦特是他的好朋友,可又不仅仅是好朋友那么简单,这个人曾经在佛兰德斯救过他的命,还因为这桩义举而被推荐获得维多利亚十字勋章。杰克,他是一个好人,一个最优秀的人。然而不幸的是,他爱上了杰克的妻子。有一段时间,他认为自己已经从这段感情中脱身而出了,再也不会放任事情这样下去继续伤害自己。一个人只要想扼杀它,就能扼杀它。而她似乎一直没有猜到这种倾慕——即使她猜到了,也没有什么危险。一座雕像,一座美丽的雕像,一个由黄金、象牙和淡粉色的珊瑚制成的……一个属于国王的小玩意儿,而不是一个真实的女人……

克莱尔……每当想起她的名字,每当在心里默念,都会刺伤他……他必须从中脱身。他之前也倾慕过其他女人……"但却不是像这样!"他说,"不是像这样。"那么,它就停留在那儿。没有任何危险地停留在那儿——心痛,是的,但是却没有任何危险。没有红色信号所提示的危险。那是一些别的东西。

他环顾了一下桌子四周,第一次惊讶地发现这是一次不寻常的小聚会。例如，他舅舅就很少参加如此小规模、不正式的聚餐。看起来好像特伦特夫妇并不是他所想的那种老朋友；直到这个晚上，德莫特才意识到他对他们其实一点也不了解。

但能确定的是，这一切是有理由的。晚宴过后，一个相当有名的灵媒要在这儿举行一场降神会。阿林顿爵士宣称他对招灵术有着小小的兴趣。是的，当然，这就是理由。

一个词语涌上了他的心头。一个理由，难道一场降神会就是这位医学专家出席这场晚宴的理由？如果不是，那么他来此的真正目的又是什么？一大堆细节冲入了德莫特的大脑里，包括那些当时没有被注意到的细节；或者，就如他舅舅所说，没有被意识所注意到的细节。

这位杰出的医生也不止一次古怪地——极其古怪地注视着克莱尔。他好像在观察她。在他的这种仔细审视下，她感觉非常不舒服。她的双手轻轻绞动。她感到紧张，极其紧张，而且可以说是——恐惧？为什么她会感到恐惧？

猛地，他的意识又回到了桌边的谈话中。埃弗斯莱夫人正在请求那位杰出人物谈谈他自己的专业。

"亲爱的女士，"他说道，"什么是精神失常？我向你保证，对这个课题研究得越深，就越难以对它作出定义。我们所有人在一定程度上都具有自我欺骗性，当这些自我欺骗性离谱到相信自己是俄国沙皇时，我们会把自我的欺骗关闭或约束起来。但是，我们离达到那种程度还差得远。我们应该在某个特殊的地点树立一个标杆，并且宣称：'在标杆的这一侧是正常人，另一侧是疯子。'你们都知道，这是办不到的。而且，我还要告诉你们，如果一个人产生了幻觉，但是他选择对此保持沉默，那么，在任何情况下，我们都没办法将他与正常人区分开来。神智错乱之人的极端正常现象是一个最有意思的研究课题。"

阿林顿爵士意味深长地抿了一口酒,对他的同伴露出了笑容。

"我常常听闻他们非常狡诈。"埃弗斯莱夫人说,"我的意思是,疯子。"

"确实如此,假如一个人时常对自我欺骗进行压制的话,那会带来毁灭性的影响。正如精神分析教导我们的那样,所有的压抑都有危险性。有些人行为古怪,但是这种古怪却是无害的,他们只是用这种方式作为疏导的途径,很少会越过界线。但是有些男人——他停顿了一下——或是某些女人,他们看起来极其正常,但是实际上却可能是给社群带来危险的深刻根源。"

他的视线轻轻扫过长桌,瞄了克莱尔一眼,然后收回目光,再次抿了一口杯中的酒。

德莫特被一阵恐怖的感觉所侵袭。这是他的某种暗示吗?这难道就是他说这番话的用意所在?不可能,但是——

"一切都源于压抑本身。"埃弗斯莱夫人叹息道,"我十分明白,一个人应当总是很小心谨慎地——去表达自己的个性。给别人带来危险实在是太令人惊恐了。"

"亲爱的埃弗斯莱夫人,"这位医生反驳道,"你大大误解了我的意思。引起这种伤害的原因,以医学的角度来看是源于大脑——有时是通过外界的某种媒介,比如一次大的打击;唉,有时候,是因为遗传。"

"遗传是多么令人难过啊。"这位女士面无表情地叹息道,"肺痨和其他的一些病就是这样。"

"肺结核不是遗传性疾病。"阿林顿爵士冷冷地回应道。

"不是吗?我一直以为是。但疯狂肯定是!多么令人恐惧啊。

还有别的具有遗传性的疾病吗?"

"痛风。"阿林顿爵士笑着说,"还有色盲——这是一种非常有意思的遗传疾病。它直接遗传给男性,却在女性身上潜伏。所以,有很多男性是色盲,但是当一个女性也是色盲的时候,她的母亲身上必定带有隐性色盲基因,而她的父亲则一定是显性色盲——这就是事物不同于一般的表现形式,也就是所谓的受性别限制的遗传。"

"真有意思。但是疯狂不这样,是吧?"

"疯狂遗传给男性和女性的概率一样大。"这位医生严肃地说。

克莱尔忽然站了起来,猛地把自己的椅子往后一推,椅子被掀翻在地。她的脸色极其苍白,双手明显在不安地绞动着。

"你——你不会再往下说了,是吧?"她乞求道,"汤普森太太马上就要来了。"

"再饮一杯波尔多酒,我会陪着你,为了同一个目的。"阿林顿爵士说,"见证这位神奇的汤普森太太的表演,就是我来此的目的,不是吗?哈哈哈!我不需要任何诱导。"他鞠了一躬。

克莱尔对此报以虚弱无力的微笑,她把手搭在埃弗斯莱夫人的肩上,穿过房间走了出去。

"恐怕我已经变成了一个话篓子。"医生坐回座位上,说道,"请原谅我,亲爱的同伴们。"

"没事。"特伦特敷衍地说道。

他看上去既紧张又担心。第一次,德莫特感觉到自己变成了这个朋友圈里的局外人。他们两人之间,横亘着一个秘密,这个秘密即使是老朋友之间也不能分享。而且这整件事看上去既有些古怪又难以置信。但是这种感觉的根据何在呢?除了克莱尔的焦虑不安和自己的几次观察外,什么也没有。

他们继续喝着酒,不一会儿,就有人通报说汤普森太太来了,于是众人也来到了客厅。

这位灵媒是一位身材丰满的中年女性,穿着一件糟透了的洋红色天鹅绒礼服,有着一副非同一般的响亮嗓门。

"希望我没有来迟,特伦特夫人。"她兴高采烈地说,"你说的是九点,是吗?"

"你准时极了,汤普森太太。"克莱尔用她甜美但是略微有些沙哑的嗓音回答道,"这是我们的小朋友圈。"

没有更进一步的礼节性介绍。这位灵媒用机敏的似乎能看透一切的眼神将这群人扫视了一遍。

"我希望我们的降神会可以圆满成功。"她轻快地说道,"我无法向你们诉说,我是多么憎恶——当我的灵魂脱离身体后却没能带给别人满意的结果。可以这么说,它令我疯狂。但是我想今晚城真子(我的日本名字,你知道)将会顺利地穿过我的身体。我从未感觉如此舒畅,我拒绝吃涂有奶酪的吐司,尽管我喜欢吃烤奶酪。"

德莫特听着,半作消遣半觉厌烦。这整件事是多么乏味无聊啊!但是,他自己的判断不也很愚蠢吗?所有的事,毕竟,都是自然的——这位灵媒所召唤的能量是自然的能量,只是没有被很好地了解罢了。一位优秀的外科医生在做一次精密的手术之前很可能罹患消化类疾病。为什么汤普森太太就不能呢?

椅子被摆成了一个圆圈,灯也是,这样一来,它们就能很方便地被拉升或放低。德莫特注意到没人对此持有任何异议,莫非阿林顿爵士也对这次降神会的整个环境感到满意吗?不,汤普森太太只是一个借口。阿林顿爵士此行肯定另有目的。德莫特记得，克莱尔的母亲死于国外。在她身上肯定有些什么秘密……遗传……

他猛然强迫自己把思绪拉回到当前的环境中。

所有人都坐在自己的座位上，灯也熄灭了，桌子上只留下一个被罩起来的红色小东西。

好一会儿，除了灵媒的呼吸声什么也听不到。渐渐地，出现了一声高过一声的鼾声。接着，从房间一个远远的角落里突然传来一阵巨大的敲打声，吓了德莫特一跳。这时，房间另外一边也传来了相似的声音，越来越完整，越来越响亮。它们消失后，又突然一阵响亮的嘲笑声传到屋子里。然后，寂静被一个完全不同于汤普森太太的声音打破，这是一个尖锐、古老、有些扭曲的声音。

"先生们，我在这里。"它说道，"是的，我在这里，你们有什么要问我的吗？"

"你是谁？是城真子吗？"

"是的，我是城真子。我已经死去很久了。我工作着，我感到很快乐。"

接着城真子开始讲述关于自己生活的更多细节。全都是些单调无趣的东西，德莫特以前就听过很多次了。每个人过得都很快乐，非常快乐。一些描述亲人们的含糊的消息被传递出来，但是这些描述都非常松散以至于它们适合几乎所有可能出现的情况。一位年长的女士，即某位在场之人的母亲，一直不停地说了很长时间，引用书上的格言，并对其进行新的阐释，但是她所阐释的内容和她的主题毫不相关。

"现在又有其他的灵魂想进来。"城真子宣称道，"它有一个非常重要的消息要带给在场的某位先生。"

接着是一阵沉默，过了一会儿，一个新的声音开始说话，一张嘴就发出邪恶如魔鬼般的窃笑。

"哈，哈！哈，哈，哈！最好不要回家。最好不要回家。听从我的忠告。"

"你这是对谁说的？"特伦特问。

"你们三个人中的一个，如果我是他我就不回家。危险！鲜血！血量不多——但是已经足够。不，不要回家。"这个声音渐渐变得微弱，"不要回家！"

声音终于彻底地消失了。德莫特感觉自己的血直往上涌。他确信这个警告是针对他的。不管怎么说，今晚这里弥漫着一股危险的气息。

灵媒叹了口气，接着又呻吟了一下。她苏醒了过来。灯打开了，很快她就站了起来，同时眨了眨眼睛。

"亲爱的，进行得顺利吗？我希望是。"

"确实非常顺利，谢谢你，汤普森夫人。"

"我想是，城真子？"

"是的，还有一个人。"

汤普森夫人打了个哈欠。

"我难受得要命。完全是翻江倒海，撕心裂肺。魂灵把消息带给你们了。好的，我很高兴事情进行得如此成功。起初我还有点担心或许没法顺利进行——担心一些令人不快的事情会发生。今晚这间屋子给我一种异样的感觉。"

她依次看了每人一眼，然后不自在地耸了耸肩。

"我讨厌这种感觉，"她说，"最近，你们当中是否出现过突然的死亡？"

"你这么说是什么意思——我们当中？"

"近亲——或者是密友？没有吗？好的，如果要我说得更富有戏剧性，我会说今晚的空气中弥漫着一股死亡的气息。你瞧，这都是我的胡言乱语。再见，特伦特先生。我很高兴您能感到满意。"

汤普森太太穿着她的洋红色天鹅绒礼服走了出去。

"我希望您对此感兴趣，阿林顿爵士。"克莱尔喃喃细语。

"一个多么有趣的晚上啊，亲爱的女士。谢谢您能给我这个机会。晚安。你们都要去跳舞是吧，你不去吗？"

"你不跟我们一起去吗？"

"不，不了。我有晚上十一点半就寝的习惯。晚安。晚安，埃弗斯莱夫人。噢！德莫特，我想跟你说句话。你现在能跟我一道走走吗？你可以在格拉夫顿画廊与他们重新会合。"

"好的，叔叔。我们一会在那儿见，特伦特。"

在去往哈利街的短短的路途中，叔侄两人之间并没有过多的语言交流。阿林顿先生对把德莫特拉走表示了小小的歉意，并向他保证只会占用他短短几分钟时间。

"需要我把汽车留给你吗，我的孩子？"当他们下车时，他问道。

"噢，不用麻烦了，叔叔。我可以搭出租车。"

"很好。我也不想在我需要之外麻烦查尔森。晚安，查尔森。该死的，我把钥匙放哪儿了？"

车开远了，阿林顿爵士还站在台阶上，徒劳地翻弄着自己的口袋。

"我肯定是把它放在另一件衣服里了。"最后他说道，"摁门铃吧，好吗？我肯定约翰逊还没有睡。"

冷静的约翰逊果然一分钟就打开了门。

"我的钥匙丢了,约翰逊。"阿林顿爵士解释道,"麻烦拿两杯威士忌和一些苏打到我的书房,好吗?"

"好的,阿林顿爵士。"

这位医生大步走向书房,打开了灯。他提醒德莫特进来以后带上门。

"我不会留你在这儿太久的,德莫特。但是我有些话要对你说。这可能只是我的猜想,或是你真的有点——爱①,我们能不能这样说,你爱上了杰克·特伦特夫人?"

德莫特的血直往上涌,脸一下子涨红了。

"杰克·特伦特是我最好的朋友。"

"对不起,要你回答我的问题确实有点强人所难。我敢说你肯定非常严肃认真地考虑过离婚这类事,但是我必须提醒你,你是我唯一的亲属,还是我的继承人。"

"我从未考虑过离婚的问题。"德莫特气愤地说。

"当然没有,但是我有一个更有说服力的理由。这个特殊的理由,现在我还不能告诉你,但是我真的要提醒你:克莱尔·特伦特并不适合你。"

这个年轻人平静地面对着叔叔的凝视。

"我知道——请您允许我也说一下,或许比你想的更有理。我知道你出席今晚宴会的原因。"

"呃?"医生惊呆了,"你是怎么知道的?"

"就叫它猜想吧,先生。你是以你的专业身份来参加宴会的,我猜对了,不是吗?"

阿林顿爵士踱来踱去。

---

①原文为法语"tendresse",意思为爱情,温柔的感情。

"你确实是对的,德莫特。当然,我不能私自告诉你,尽管我恐怕它很快就会变成公开消息了。"

德莫特的心一紧。

"你的意思是——你已经做出决定了?"

"是的,那个家族有精神病的遗传史——母亲的那一方。一个悲惨的病例——一个非常悲惨的病例。"

"我无法相信,先生。"

"我也希望不是。对于外行人来说,即使迹象很明显,他们也看不出什么。"

"那对于专家呢?"

"证据已经非常确凿。在这样的病例中,病人必须尽可能快地被管束起来。"

"我的上帝!"德莫特深吸了口气,"但是你不能因为什么事都没发生过就让所有人闭嘴。"

"我亲爱的德莫特!病人只能被管束起来,他们一旦是自由身,就会给公众带来危险。非常致命的危险。很可能会导致一种特殊形式的杀人狂热症。遗传自母亲那一方的病例就是这样。"

德莫特转过身去,低吟了一声,把脸埋进了手掌中。克莱尔——肌肤白皙,金发飘飘的克莱尔!

"在这种情况下,"医生继续悠闲地说,"我感觉自己有义务警告你。"

"克莱尔,"德莫特咕哝道,"我可怜的克莱尔。"

"是的,确实,我们都应该为她感到遗憾。"

忽然间,德莫特抬起了头。

"我仍旧不能相信。"

"什么?"

"我说我不相信这件事。所有人都知道,医生也会犯错。而且他们总是沉醉于自己的专长中。"

"我亲爱的德莫特。"阿林顿爵士愤怒地提高了噪音。

"我告诉你,我不相信这些——而且,就算是这样,我也不在乎。我爱克莱尔。如果她愿意和我在一起,我会带她离开——远走高飞——走出那些爱干涉别人的医生的掌控范围。我会保护她,关心她,用我的爱去守护她。"

"对于这种事,你无能为力。难道你疯了吗?"

德莫特轻蔑地笑了起来。

"我就知道,你会这样说。"

"你要理解我,德莫特。"阿林顿爵士的脸因为压抑的盛怒而变得通红,"如果你做出这样的事——这样令人羞耻的事——这就是你的下场。我会收回给你的所有权利,并会立一个新的遗嘱,把我所有的财产留给几家医院。"

"用你该死的钱去做你想做的事吧,悉听尊便。"德莫特用低沉的声音说,"我要我爱的女人。"

"一个这样的女人——"

"再说一句对她不利的话,我以上帝的名义发誓!我会杀了你!"德莫特咆哮道。

一阵轻微的玻璃的碎裂声让他们两个人都停了下来。双方都没有察觉到,在他们热烈争吵的过程中,约翰逊已经用托盘托着玻璃杯走了进来。作为一个优秀的仆人,他的脸依旧保持着镇定,但是德莫特不确定他到底听到了多少内容。

"行了,约翰逊,"阿林顿爵士吩咐道,"你可以去睡了。"

"谢谢您,先生。晚安,先生。"

约翰逊退出了房间。

两个人相互对视着。仆人的突然出现平息了这场风暴。

"叔叔。"德莫特说,"我不应该那样对您说话。我非常能够理解,从您的角度出发,您正确无疑。但是我爱慕克莱尔·特伦特由来已久。杰克·特伦特是我最好的密友这件事实阻碍了我对克莱尔表达爱慕之情。但是在这种情况下,这个事实变得不再重要。任何妄图用金钱左右我的想法都是荒谬可笑的。我想我们对彼此都说了自己想要说的话。晚安。"

"德莫特——"

"再争论下去完全无益。晚安,阿林顿叔叔。我感到很抱歉,但是情况就是这样。"

他迅速退了出去,带上了身后的门。大厅里黑黢黢的。他穿行其间,接着打开了大门,走到了街上,"砰"的一声关上了身后的门。

碰巧一辆出租车在附近街边的屋子前放下了前一位客人,德莫特向这辆车打招呼,接着车子载着他驶向了格拉夫顿画廊。

在舞厅的门前,他困惑地站立了几分钟,他的头眩晕不止。厅内是嘈杂喧哗的爵士乐与笑意盈盈的女士们——他感觉自己仿佛踏入了另一个世界。

这一切都是在做梦吗?他和叔叔之间那场可怕的争吵好像并没有真正地发生过。克莱尔从他身边飘过,身着的白色丝绸礼服衬托得她越发纤细窈窕,就像一朵百合花。她微笑地望着他,脸庞上现出平静安详的神态。是的,这一切都是一场梦。

舞蹈音乐止息了。不一会儿,她来到他身旁,微笑洋溢在他的脸上。犹如在梦境里,他邀请她跳舞。她现在在他的臂弯里,嘈杂喧哗的爵士乐再次奏响。

他察觉到她有点疲倦。

"累了吧？你想要歇一会儿吗？"

"如果你不介意的话。我们能找个地方谈谈吗？有一些事我想告诉你。"

这不是一场梦。他猛地回到了现实之中。他刚才怎么会觉得她脸上的表情既平静又安详？他感到此刻自己正被不安、焦躁以及恐惧缠绕着。她对此了解多少？

他找到了一个安静的角落，他们肩并肩挨着坐了下来。

"好了，"他说，一丝连他自己也不易察觉的兴奋涌了上来，"你说你有事要告诉我？"

"是的。"她的眼皮低垂了下来，焦躁不安地摆弄着礼服上的流苏，"这难以开口……确实。"

"告诉我，克莱尔。"

"我想说的是，我想要你……离开这里一段时间。"

他惊愕万分。不管他之前预想要听到什么答案，都绝对不是这个。

"你想要我离开？为什么？"

"我们最好坦诚相待，不是吗？我……我知道你是一位……一位绅士，还是我的朋友。我想要你离开是因为我……我已经不可自拔地喜欢上了你。"

"克莱尔。"

他对此无言以对——舌头打结。

"请不要以为我有足够的自信妄想你……你也有可能爱上我。这只不过是……我过得不快活……并且……噢！我宁愿你离开。"

"克莱尔，你难道不知道我喜欢你——非常喜欢——自从我遇到你。"

她睁大眼睛，惊奇地看着他的脸庞。

"你喜欢我?你已经喜欢我很长时间了?"

"从我们最初相遇开始。"

"噢!"她惊叫道,"为什么你不告诉我?为什么那时不告诉我?那时我还能和你在一起!为什么现在才告诉我,一切都太晚了。我再也不能和你在一起了。"

"克莱尔,你说'一切都太晚了'是什么意思?难道是因为……因为我叔叔?他知道了什么?他在想些什么?"

她默默地点了点头,泪珠顺着她的脸滑落下来。

"听着,你不要去相信这些事情,也不要去想这些事情。恰恰相反,你要跟我一起离开。我们去南太平洋,去那些宛如绿色宝石的岛屿上。你在那里将会过得很快活,而且我会照料你——永远守护你的安全。"

他的臂膀伸向她,把她拉入怀中,他感觉到她在微微颤抖。突然她从他的怀抱中挣脱出来。

"噢,不,请不要这样。你难道不明白吗?我现在已经不能了。这很可耻——可耻——可耻。自始至终,我都希望自己是忠诚之人——而且现在——它仍旧可耻。"

他犹疑了一下,她的话让他感到沮丧。她用哀求的眼神看着他。

"拜托,"她说,"我希望自己能够忠诚……"

德莫特一言不发,站了起来,离开了她。此时此刻他被她的一番话深深地触动和震撼了。他朝着放置自己帽子和大衣的地方走去,在半途中遇到了特伦特。

"嘿,德莫特,你这么早就要走了。"

"是的,今晚我没心情跳舞。"

"这是个无趣的夜晚。"特伦特沮丧地说,"但你还不能了解我的忧虑烦恼。"

德莫特突然感到一阵刺痛，他觉得特伦特有什么事要向他吐露。千万不能是那件事——什么事都可以，但就不能是那件事！

"好了，再见。"他匆忙地说，"我要回家了。"

"回家，呃？灵媒都警告了我们些什么？"

"我将要冒这个险了。晚安，杰克。"

德莫特的公寓离这里不远。他感觉自己有必要在晚间冷冽的空气中冷却一下自己发热的大脑，所以选择步行回家。

他用钥匙打开大门，走了进去，然后扭开了灯。

就在这时，他感到自己正面临着红色信号的危险，这是今晚第二次出现这种情况了。这感觉此刻是如此强烈，如排山倒海般席卷着他，甚至连克莱尔都从他的意识中被冲刷走了。

危险！他处在危险中。就在此时此刻，在这间屋子里，他处于危险之中。

他徒劳地嘲笑自己，试图让自己从恐惧中解脱，但他的这种努力或许并非全然发自真心。迄今为止，红色信号已经给了他及时的警告，使他避免了很多灾难。他小小地嘲弄了一下自己的迷信，接着仔细地巡查了整间公寓。也许有什么罪犯已经潜入了屋子，藏匿在什么地方。但是经过细致的巡查，他并没有发现什么。他的仆人米尔森已经离开了，这间公寓沉浸在彻底的空寂当中。

他回到自己的卧室，缓慢地脱着衣服，眉头紧锁。危险的感觉和以往一样尖锐。他走向抽屉想要拿出一条手帕，突然他呆若木鸡。抽屉的中间隆起了一块陌生的东西——貌似还很坚硬。

他用手指迅速而不安地揭开手帕，拿出了藏在里面的物件。那是一把左轮手枪。

带着极度的惊惧，德莫特仔细地查看了手枪。它的形状有些不同寻常，不久前，从枪膛处还射出过一颗子弹。除此之外，他看不出别的什么问题。就在今晚，有人把它放在了这个抽屉里。在他准备盛装出席晚宴的时候它还不在这儿——他对此确信无疑。

正当他把手枪重新放回抽屉里时，一阵门铃声把他吓了一跳。门铃响了一遍又一遍，在这所空寂的公寓里显得异常刺耳。

谁会在这个时候按门铃？只有一个答案——一个来自直觉的、别无选择的答案。

"危险——危险——危险……"

在连他自己都无法言说的直觉的引领下，德莫特关上了灯，穿上搭在椅子上的外套，然后打开了大门。

两个人站在门外。在他们身后，德莫特发现了一个穿着蓝色制服的人。是警察！

"是韦斯特先生吗？"站在前面的那个人问。

在德莫特的意识中，他感觉自己过了很久才回过神来。但实际上只在几秒之间，他正惟妙惟肖地模仿他的仆人的口气回答道：

"韦斯特先生还没回来呢。都到晚上这个点了，你们找他做什么？"

"还没回来，呢？好的，那么，我们最好先进去等他。"

"不行，你们不能进去。"

"这么说吧，小伙子，我是苏格兰场的维尔拉警督，我这里还有允许逮捕你主人的逮捕令。如果需要的话，我可以给你瞧瞧。"

对于这类官方文书，德莫特再熟悉不过了，但是他还是一边装作认真地查看，一边用疑惑不解的口气问道：

"因为什么啊?他都做了什么?"

"谋杀。哈利街的阿林顿·韦斯特爵士。"

他的脑子一下炸开了,在这些可怕的来访者面前,德莫特不由自主地退了几步。他回到了起居室,打开了灯。警督跟随其后。

"给我四处搜查一下。"他命令其他两个人,然后转向了德莫特。

"你待在这里,小伙子。不要妄图溜走给你的主人通风报信。顺便问一下,你叫什么名字?"

"米尔森,先生。"

"米尔森,你估计你的主人什么时候会回来?"

"我不知道,先生,我确信,他去参加舞会了。在格拉夫顿画廊那一带。"

"他一个小时之前就离开那儿了。你确定他没回来过?"

"我不确定,先生。我猜我应该是听到过他回来。"

就在此时,第二个男人从旁边的屋子里走了出来。他的手上拿着一把左轮手枪。他带着颇为兴奋的神情把它递给了警督。一丝满意的神色从后者的脸上轻轻掠过。

"这就好办了,"他说道,"一定是他悄悄地溜入房间又溜了出去,没让你听到声音。他一定是逃跑了。我最好马上就走。考利,你留在这儿,以防他会再回来,顺便留意一下这个家伙。关于他主人的事情,他可能比他现在假装知道的要多。"

这位警督匆匆离去。德莫特竭尽全力想从考利那里获取关于此案的更多细节,考利本身也非常愿意对此发表意见。

"一桩再明白不过的案子,"他极有自信地说道,"杀人凶手几乎立刻就被发现了。约翰逊,那位男仆,在他刚准备就寝的时候，感觉自己似乎听到了一声枪响，于是他又下楼去。结果发现阿林顿爵士已经死了，子弹射穿了他的心脏。他马上给我们打了电话，我们赶到后，听他讲述了整个情况。"

"是什么使得这桩案件如此清晰明了呢？"德莫特试探性地问道。

"毫无疑问。小韦斯特和他叔叔一起回的家，当约翰逊端着茶水进入房间时，他们正在争吵。老家伙威胁要立一个新的遗嘱，你的主人嚷嚷着要射杀他。不到五分钟，枪声就响了。噢！是的，非常清晰。一个年轻愚蠢的傻瓜。"

确实是清晰明了。当意识到所有证据的本质都对他完全不利时，德莫特的心一沉。确实很危险——令人恐惧的危险！真是插翅难飞。他要竭尽自己的聪明才智。不一会儿，他建议应该去弄杯茶来喝。考利非常乐意地接受了。他已经仔细检查了整间公寓，知道这里没有后门。

德莫特得到允许可以离开起居室去厨房。他一进厨房，就把水壶烧上，并且尽量把杯子碟子弄得叮当作响。接着，他悄悄地走到窗户边，抬起窗框。窗外竖着一根细长的铁索，那是给技工用来当绳索爬上爬下的。

如同一道闪电，德莫特爬到了窗外，摇摇晃晃地顺着铁索往下爬。铁索划伤了他的手，手出血了，但是他仍旧坚持不懈地往下爬。

几分钟后，他小心翼翼地出现在街区的后面。转弯时，他撞到了一个站在街边的人。那人惊呼了一声，德莫特听出是杰克·特伦特的声音。特伦特极其敏锐地感知到他正面临着危险。

"我的上帝！德莫特！快，不要在这里晃荡。"

特伦特用手臂拉着他，带他沿着街道往下走，来到了另外一个街区。他们在那儿看到一辆孤零零的出租车泊在街上，于是两人叫住车，跳了上去，特伦特告诉了司机他自己的住址。

"这是此刻最安全的地方。在家里我们可以决定下一步怎么做，好让那些傻瓜们寻不到我们的踪迹。我来这里是为了在警察到达之前给你通风报信，但是我来晚了。"

"我还不知道你也听闻了这件事。杰克，你不会也相信——"

"当然不会了，我的老朋友，我永远都不会怀疑你。我很了解你。而且这对你来说简直是肮脏的行为。他们来问了我很多问题——你什么时候抵达格拉夫顿画廊，什么时候离开的，等等。德莫特，谁会对老家伙做这样的事呢？"

"我想不出。我觉得是那个把左轮手枪放我抽屉里的人。他一定密切地观察过我们。"

"那个降神会上说的话真是有趣极了。'不要回家'。说的就是可怜的老韦斯特。他回了家，因此遭到了枪击。"

"希望这不要应验在我身上。"德莫特说，"我也回了家，结果得到的是一把已经预谋好的左轮手枪，和一位警督。"

"嗯，我希望这也不要发生在我身上。"特伦特说，"我们到了。"

他付了车钱，用钥匙打开了大门，在黑暗中领着德莫特走上楼梯，进了他的密室，那是位于屋子二楼的一个小房间。

他匆忙地打开门，德莫特走了进去。同时，特伦特扭开了灯，也跟了进来。

"这里目前算是非常安全。"他说道，"现在，我们可以一起想想，然后决定下一步最好做些什么。"

"我已经做了一次傻瓜。"德莫特忽然说，"我应该直面它。现在我明白了，这整件事从头到尾就是一个阴谋。该死的，你笑什么?"

特伦特斜靠在椅子上,毫不抑制地快活地晃动着。他的声音里隐藏着一些极其恐怖的东西——甚至他的周身,也散发着这种恐怖。他的眼神里闪烁着一丝古怪的光芒。

"一个无比聪明的阴谋。"他赞叹道,"德莫特,我的朋友,你活该倒霉。"

他把电话拉了过来。

"你想要做什么?"德莫特问道。

"打电话给苏格兰场。告诉对方,他们正在搜寻的小鸟——现在安全地被关在门锁和钥匙之后。是的,进来的时候,我锁上了门,钥匙在我的口袋里。不要再张望我身后的门了。它通向克莱尔的房间,她总是把她那一边反锁起来。你知道,她很惧怕我。一直都惧怕我。她明白当我想起那把刀的时候——一把锋利的长刀。不,你不能——"

德莫特正要向他冲去,但是特伦特忽然间掏出了一把外形丑陋的左轮手枪。

"这是第二把,"特伦特窃笑了起来,"我将第一把放在了你的抽屉里——在我用它射杀了老韦斯特以后——你为什么盯着我的头上看?那扇门?没有用的,即使克莱尔打开了它——即使她偏向你——我也会在你摸到那扇门之前向你开枪。不会射向心脏——不是要杀死你,只是要弄伤你的手脚,让你无法逃脱。我是个非常出色的射手,你知道。我曾经救过你的命。我真是愚蠢极了。不,不要,我希望你被逮捕——是的,被逮捕。对于你,我不想用刀。那是用在克莱尔身上的——美丽的克莱尔,如此白皙柔软。这一切老韦斯特都知道。这就是为什么今晚他会来这儿,看看我是否发疯。他希望能阻止我的行动——希望这样一来，我能不用刀来对待克莱尔。但是，我聪明极了。我偷拿了他的大门钥匙还有你的。一到舞会现场，我就偷偷从那儿溜了出来。我看到你从他的房子里走出来，随后我就溜了进去。我射杀了他，并且立马逃离了现场。然后我到了你家，把左轮手枪留在了那里。我差不多在你到达的时候回到格拉夫顿画廊，当我跟你道晚安时，我又把大门钥匙偷偷放回你的口袋里。我不介意把这一切都告诉你，反正这儿也没有其他人能听见，你被逮捕的时候，我想让你知道是我做了这些……上帝啊，这真让我想放声大笑！你是怎么想的？该死的，你在看什么？"

"我在想你刚才引用的一些字眼。你本应该做得更好的，特伦特，不要回家。"

"你什么意思？"

"看看你的背后！"特伦特转过身去。在通往另一个房间的门口，站着克莱尔和维拉尔警督……

特伦特动作迅捷。左轮手枪只响了一声——就射中了目标。他整个倒在桌子上。维拉尔警督扑到了他的身边，德莫特像做梦似的盯着克莱尔。往事杂乱无章地掠过他的大脑。他的叔叔……他们之间的争吵……这个巨大的误会……英国的离婚法律永远不会允许克莱尔从她疯狂的丈夫身边解脱……"我们必须都同情她"……克莱尔和他叔叔之间的谋划早已被狡猾的特伦特看穿了——她向他哭诉，"可耻——可耻——可耻！"是的，但是现在——

警督站了起来。

"已经死了。"警督气急败坏地说。

"是的，"德莫特听到自己在喃喃自语，"他一向是位神射手……"

第四个男人 ——————

卡农·帕菲特稍微喘了口气。追赶火车已经不是他这个年纪的人该做的事了。他的身材走了形,再也不复纤细修长,随之而来的是越来越容易上气不接下气的趋势。谈及此事,卡农倒总是很自豪地说:"你知道,我的心脏!"

当他在头等车厢落座后,终于松了一口气。车厢里温暖舒适的温度让他感到非常惬意。车窗外正飘着雪。多么幸运能在这漫长的夜间旅途中坐在这样一个位于角落的座位上。否则那将会是一次非常糟糕的体验。在这样的火车上,应该好好睡一觉。

其余三个角落已经有人落座,卡农·帕菲特似乎觉察到那个坐在较远的角落里的男人正在朝他和善地微笑着。那是一位胡子刮得干净整洁的绅士,有一张古怪的脸庞,鬓发已经开始发白。乍一看,也绝对不会有人因为任何理由错认他的律师职业。那是乔治·杜兰德爵士,而且,他的确是位非常著名的律师。

"嘿,帕菲特。"他用亲热的口吻招呼道,"你刚刚赶火车来着,对吧?"

"恐怕这对我的心脏非常不利。"卡农说道,"能遇到您真是件幸事,乔治爵士。你要去往遥远的北方吗?"

"纽卡斯尔。"乔治爵士简明地答道。"顺便问一句,"他补充说,"你认识坎贝尔·克拉克医生吗?"

坎贝尔医生此时正坐在卡农同侧的座位上,他偏过头朝卡农礼貌地点头致意。

"我们是在月台上相遇的。"这位律师接着说,"又是一次巧遇。"

卡农·帕菲特极有兴趣地看了几眼坎贝尔·克拉克医生。他经常听到这个名字。克拉克医生的研究成果均处于医学界和精神学界的最前沿,而且他的著作《无意识心理的问题》,已经成了本年度最富争议的专著。

在卡农·帕菲特的眼中,医生长着一个方下巴,有一双非常沉稳的蓝色眼睛,红色的头发中没掺杂一丝白发,但是已经明显脱落了很多。看得出来,他是一位性格相当坚毅的人。

出于非常自然的联想,卡农看了看坐在他对面的乘客,隐隐希望自己也能遇到一个熟人。但是坐在车厢第四个角落里的乘客是一位陌生人——卡农猜想那是个外国人。那人皮肤黑黝黝的,外貌上看起来平淡无奇。他缩在一件很大的外套里,似乎很快就睡着了。

"您就是来自布莱切斯特的卡农·帕菲特吗?"坎贝尔·克拉克医生用轻松愉快的口气问。

卡农看起来很是高兴。他所宣扬的那些"科学的布道"看来确实取得了很大成功——尤其是被新闻出版界接纳以后。是的,那些教堂确实需要这些东西——优秀的、与时俱进的材料。

"我怀着极大的兴趣拜读了您的著作,坎贝尔·克拉克医生。"他说道,"尽管书中时不时出现的专业知识还需要我不断学习。"

杜兰德插入了这场谈话。

"你们是要聊天还是要睡觉,卡农?"他问道,"我一直被失眠症所困扰,所以我很乐意选择前者。"

"噢！那是当然。总得来说，"卡农说道，"我在这样的夜间旅途中很少能睡着，而且我携带的书又非常无趣。"

"我们不论从哪种意义上来讲，都各具代表性。"医生笑着说，"教堂，法律以及医学。"

"我们之间似乎无法给出一个共同的观点。"杜兰德笑道，"教堂代表着精神的观点，而我代表着纯粹的世俗和法律的观点，至于你，医生，拥有涵盖最广泛的领域，从纯粹的病理学到超精神学！我们三个人，我想，几乎相当完整地涵盖了所有领域。"

"我觉得没有你想的那样完整。"克拉克医生说，"你知道，还有另外一种观点，你遗漏了，而且这是一种相当重要的视点。"

"什么意思？"律师质疑道。

"大街上的普通人的观点。"

"他们的观点有什么重要的吗？普通人不是往往会犯错误吗？"

"噢！几乎总是会。但是他们拥有的东西是所有专家的观点所欠缺的——那就是普通人的观点。最终，你知道，你不可能从人际关系中摆脱出来。在研究中我发现，几乎每一个来我这里的病人都确确实实是有病的，但是其中至少有五位，本身没有任何毛病，他们只是不能跟住在同一屋檐下的人和谐相处罢了。他们赋予这个问题各种名称——从家庭主妇的尖酸刻薄到作家的拘谨受限，但说的都是一回事儿，就是由精神意志相互摩擦而产生的创伤。"

"我想你的大多数病人都有些'神经过敏'。"卡农不屑地说。他自己的神经非常健全。

"噢！你这是什么意思？"克拉克医生嗖地转向他，快如一道闪电，"神经过敏！人们总爱用这个词还喜欢嘲讽它，就像你刚才那样。'某某根本什么事也没有，'他们说，'仅仅是神经过敏罢了。'但是，上帝啊，你已经抓住了所有事情的关键！你的身体患上疾病时，你能治愈它。但是时至今日，我们对这种病因不明、形式多样的精神疾病不会比我们在——嗯，在伊丽莎白女王时代了解得更多。"

"天哪，"被医生的话猛击后，卡农·帕菲特有点不知所措，"是这样吗？"

"请你注意，这是一种神迹。"坎贝尔·克拉克医生继续说，"从前，我们认为人是一种简单的动物，由身体和灵魂组成——而且我们往往更重视前者。"

"身体、灵魂和精神。"牧师小心谨慎地纠正道。

"精神？"医生古怪地笑了笑，"你们这些牧师认为精神的确切内涵是什么？对此，你们从来都是稀里糊涂的。你知道，从古至今，我们都怯于给它下一个确切的定义。"

卡农清清嗓子，准备反唇相讥，但懊恼的是，他还没来得及开口，医生就继续说："我们能肯定这个词叫精神吗——也许它可以不叫精神？"

"精神？"乔治·杜兰德爵士问道，揶揄地扬了扬眉毛。

"是的。"坎贝尔·克拉克转过身来凝视着他。他身体前倾，然后轻拍杜兰德的胸膛。"你就这么肯定，"他严肃地说，"在这种结构中只有一个占有者？——这个占有者就是全部，你知道——这处有着神秘吸引力的居所任由其他材料来填充——可能是七个，二十一个，四十一个，七十一个——可能是任何数！——年岁？最终，居住者把这些东西都搬了出去——一点一点地——然后一起离开这所房子——接着房子倒塌了，变成一堆废墟残骸。你是这所房子的主人——我们都承认，但你是否考虑过有其他人存在——轻手轻脚的仆人？你几乎不会注意到他们，除了那些他们所做的工作——那些你甚至不会意识到已经完成的工作。或是朋友——正如老话所说，情绪控制你、塑造你，令你暂时变成一个'不一样的人'呢？你是这个城堡的国王，没错，但同时你也是一个'下流的浑蛋'。"

"我亲爱的克拉克，"律师拉长语调说，"你的话令我感到不舒服。难道我的思想真的是冲突人格的战场吗？这是最新的科学观点吗？"

这次轮到医生耸了耸肩。

"你的身体是一个战场，"他冷冷地说，"如果身体是，为什么思想就不是呢？"

"有趣极了。"卡农·帕菲特说，"噢！神奇的科学——神奇的科学。"

而在内心深处，他却对自己说："我能找到比这种观点更有意思的启示。"

但是坎贝尔·克拉克医生向后靠回到自己的椅子上，他暂时的兴奋感过去了。

"事实上，"他用一种枯燥的专业性的口气说道，"今晚我去纽卡斯尔就是为了一个双重人格的病例。一个非常有意思的病例。当然也是神经过敏的情况，但是相当真实。"

"双重人格。"乔治·杜兰德爵士若有所思地说，"我相信这不常见。这种病例也经常伴随着记忆的缺失，是吗？我知道，前段时间在遗嘱认证法庭上也出现过这样的病例。"

克拉克点点头。

"当然，最经典的案例，"他说，"是费丽茜·鲍尔特。你们都听说过关于她的传闻吧？"

"当然，"卡农·帕菲特说，"我记得我曾在报纸上读到过——但那是很久以前的事了——至少七年前。"

坎贝尔·克拉克医生点点头。

"那个姑娘在法国人尽皆知。从世界各地来的科学家都去观察她。她至少有四种明显的人格。它们分别叫作费丽茜1，费丽茜2，费丽茜3……"

"这其中有没有隐含着什么精心策划的阴谋诡计？"乔治爵士精明地问道。

"人格中的费丽茜3和费丽茜4有点儿值得怀疑，"医生坦陈道，"但是主要事实是存在的。费丽茜·鲍尔特是一位布列塔尼的乡村姑娘。她在五个孩子中排行第三；有一个酒鬼父亲和神经质的母亲。如果我没记错的话，在一次醉酒后，她的父亲扼死了她的母亲，被判终生流放。费丽茜那时只有五岁。一些慈善人士热衷于儿童事业，于是费丽茜被一位英国老姑娘抚养并教育成人，那位女士有一所房子专门用来收留贫穷的儿童。但是她能为费丽茜所做的事情也并不多。她形容这位姑娘极度迟钝和愚蠢，仅仅学会了非常困难且笨拙地读书、写字。这位女士，斯莱特小姐，试图培训费丽茜做家事，并且确实发现当她拥有多重人格时，她在很多方面显露出天赋。但是由于她的愚蠢和极端的懒惰，她在任何方面都不能持之以恒。"

医生停顿了一小会儿，卡农交叉双腿，拿旅行用的毯子把自己裹得更严实一点。忽然他察觉到坐在对面的那个人轻微地动了动。他的眼睛之前是闭着的，现在睁开了，而且眼中闪烁着一种轻蔑而又难以名状的光芒。这使得卡农吃了一惊。看来这个人一直在偷听他们的对话，私下里还有点轻蔑地关注着所听到的内容。

"这是一张费丽茜·鲍尔特十七岁时的照片,"医生继续说道,"看上去,她就是一位粗野的乡村姑娘,身形粗重。从这张照片来看,没有任何迹象表明她会迅速地成为法国最有名的人。

"五年后,当她二十二岁时,费丽茜·鲍尔特患了严重的精神类疾病,在治疗的过程中,奇怪的现象开始发生了。下面这些事实是被许多杰出的科学家检验证明过的。叫作费丽茜1的人格在过去的二十二年间,与费丽茜·鲍尔特一直无法区分开来。费丽茜1的法文写得很差而且不流畅,她不会说外语也不会弹钢琴。费丽茜2,恰恰相反,能说流利的意大利语,德语水平属于中等。她的笔迹和费丽茜1迥然不同。她可以谈论政治、艺术,并且对弹钢琴充满了热情。费丽茜3与费丽茜2有很多相似之处。她很聪明并且明显教养很好,但是在道德方面,她却是个反例。实际上她表现出一种彻头彻尾的堕落——但是以一种巴黎的而非乡下的堕落方式。她知道所有的巴黎隐语①以及妓女②所用的语言。用词肮脏污秽,会对宗教和所谓的'好人'进行最恶毒的讽刺谩骂。最后一个是费丽茜4——一个梦幻般的,几乎是半健全的人,极端虔诚,具有极强的洞察力。但是第四种人格非常不尽如人意,且难以捉摸,常常被人认为是费丽茜3所精心谋划出的诡计——是她对容易轻信的大众所开的一种玩笑。我觉得(费丽茜4可能要排除在外)每一种人格都是与众不同且彼此独立的,并且互相之间并不知晓对方的存在。费丽茜2毫无疑问最具主导地位,并且能够持续两星期那么长,接着费丽茜1会突然出现一到两天。然后,可能是费丽茜3或费丽茜4,但是后两种人格极少能被掌控住,而且也很少持续出现超过几个小时的时

---

①原文为法语"argot"。
②原文为法语"chic demi monde"。

间。人格的每次转换都要历经严重的头痛和深度的睡眠。在一种人格的显现中,她会完全遗忘其他的人格状态。当前的人格会完全占据上一人格的生活,因而她对于时间的流逝毫无意识。"

"真是难以置信,"卡农喃喃自语道,"非常难以置信。我们至今仍对宇宙的神奇一无所知。"

"但是我们知道其中有很多狡诈的骗子。"律师冷冷地说道。

"费丽茜·鲍尔特的病例已经通过了律师、医生和科学家的审查。"坎贝尔医生迅速回应道,"梅特·昆贝利尔,你还记得吧,对此做了最仔细彻底的研究,并且从科学的视角进行了证实。但是说到底,为什么这个病例如此令我们震惊呢?我们偶尔会遇到双黄蛋,不是吗?或者是双胞胎香蕉?为什么不会有双重灵魂呢——在同一个人的躯壳里?"

"双重灵魂?"卡农表示反对。

坎贝尔·克拉克医生用他具有穿透力的蓝色眼眸望着卡农。

"那我们还能称呼它什么呢?也就是说——如果人格就是灵魂?"

"我想我们最好只是把这种事态看成是与'怪人'类似的东西,"乔治爵士说道,"如果这种情况很常见,就会大大增加整个事情的复杂性。"

"这种情况,当然非常反常。"医生附和道,"不过很遗憾,人们并没有对此进行更长时间的调查,而且随着费丽茜的意外死亡,这一切也结束了。"

"如果我没记错的话,她的死似乎有些蹊跷。"律师慢慢地说。

坎贝尔·克拉克医生点点头。

"非常不可思议。那个姑娘在一天早晨被人发现死在了床上。

很明显她是被扼死的。但是令人惊奇的是,很快就毫无疑问地证明她是被自己扼死的。那些留在她脖子上的印记是她自己手指的指印。这也是一种死法吧,虽然从生理上来讲似乎不太可能——需要令人恐惧的肌肉力量和几乎超人的能力才能做到。是什么驱使这个姑娘落得如此下场,我们永远不得而知。当然了,她的精神状态总是不太稳定。时至今日,这个谜底也未能被揭开。可以说大幕已经永远落在费丽茜·鲍尔特的未解之谜上了。"

就在这时,坐在稍远一点的角落里的那个男人笑了。

其他三个人像中弹一样跳了起来。他们几乎完全忘了坐在身边的这第四个男人的存在。当他们朝那个男人所坐的方向望去时,他还蜷曲在自己的外套里,但又笑了起来。

"你们要原谅我,先生们。"他的英语非常流利,但是仍多多少少掺杂着一丝外国人的口音。

他坐起身来,露出一张苍白憔悴的脸以及一撇黑亮的小胡子。

"是的,你们要原谅我。"他说道,并嘲弄似的鞠了个躬,"但是说真的!在科学上,你们刚才最后一句话有人说过吗?"

"你知道我们刚才讨论的那个案例的情况?"医生彬彬有礼地问道。

"关于那个病例?不。但是我认识她。"

"费丽茜·鲍尔特?"

"是的,我也认识安内特·拉威尔。我看,你们都没有听说过安内特·拉威尔吧?但是,一个人的故事就是另外一个人的故事。相信我,如果你们不知道安内特·拉威尔的历史,你们就对费丽茜·鲍尔特一无所知。"

他掏出了自己的手表,看了看时间。

"到达下一站还有半个小时。我有时间告诉你们这个故事——也就是说,如果你们愿意听的话?"

"请告诉我们。"医生平静地说。

"真好,"卡农说道,"真是好极了。"

乔治·杜兰德爵士只是在自己的态度中加入了一点点热切的注意。

"我的名字,先生们。"这个奇怪的旅途同伴开始了讲述,"是劳尔·莱特杜。你们刚才所说的那位英国女士,斯莱特小姐,是一位热心慈善的人。我出生在布列塔尼的一个小渔村。我的父母在一次火车事故中身亡,是斯莱特小姐把我从类似你们英国济贫院的地方解救了出来。她大概收养了二十个孩子,有女孩也有男孩。在这些人之中,就有费丽茜·鲍尔特和安内特·拉威尔。如果我无法让你们了解安内特的性格,先生们,你们就不会了解以后所有的事。她是那种我们叫作'娼妓'[①]的女人的孩子,她的母亲因为被爱人抛弃而死于肺结核。由于母亲曾经是一位舞者,安内特同样也对舞蹈心怀热情。当我第一次见到她的时候,她只有十一岁,这个小家伙有一双时而闪烁着嘲弄时而闪烁着希望的眼睛——身上充溢着热情和生命力。立刻——是的,立刻——她就让我变成了她的奴仆。她会说'劳尔,为我做这个'或'劳尔,为我做那个'。而我,总是照她的吩咐去做。我一直很崇敬她,她也明白这一点。

"我们会一起去海滩,我们三个——因为费丽茜总喜欢跟着我们。在那里,安内特会脱下自己的鞋子和袜子,在海滩上翩翩起舞。当她累得上气不接下气时,她会坐下来跟我们讲她预备要做的事情,以及她想要成为什么样的人。

[①]原文为法语"fille de joie"。

"'你们瞧,我会出名的。是的,非常出名。我将会有成百上千双丝绸袜子——质地最为上乘的丝绸。而且我会有一所精致的公寓。我所有的情人都年轻英俊、富裕无比。当我跳舞的时候,巴黎所有的人都会来观看。他们会尖叫呼喊,咆哮疯狂。等到冬天来临后,我会暂停跳舞,去南方的阳光地带度假。那里有种植了橘子树的别墅。我会拥有其中的一幢。我会躺在丝绸毯子上享受阳光,品尝橘子。至于你,劳尔,我永远不会忘记你,不论我变得多么富有多么出名。我会庇佑你并助你在事业上更加精进。费丽茜将会成为我的女仆——不,她的手太粗笨了。看看它们,那么肥大和粗糙。'

"费丽茜听到后非常生气。可是安内特还是继续戏弄她。

"'她是多么淑女啊,费丽茜——如此高贵,如此优雅。但她是个假公主——哈,哈。'

"'我的父亲和母亲结了婚,这总比你的父母要强吧。'费丽茜怨恨地咆哮道。

"'是的,你的父亲杀死了你母亲。真是好极了,一个杀人犯的女儿。'

"'你的父亲遗弃你母亲,让她堕落。'费丽茜反唇相讥。

"'噢!是的。'安内特若有所思地说道,'困窘的妈妈[①],一个人必须保持强壮和健康。强壮和健康就是一切。'

"'我健壮得就像一匹马。'费丽茜吹嘘道。

"她确实是,比起这所房子里的其他女孩,费丽茜要强壮两倍。而且她从不生病。

"但是她很愚蠢,你们知道,蠢得就像一头野兽。我总想知

[①]原文为法语"Pauvre Maman"。

道为什么她要那样跟在安内特的后面。这对于她来说，貌似是一种幻想。有时我想，她是真的很恨安内特，而且安内特对她确实不友好。她总是讥笑费丽茜的迟钝和愚蠢，并在大家面前欺凌她。我曾看到费丽茜气得脸色发白。有时候我甚至觉得她预备扼住安内特的脖子，然后掐死她。她没有足够的聪明才智对抗安内特的羞辱，但是她一直认真学习，以备有朝一日能够进行一次万无一失的报复。这跟她自身的健康和力量有关。她意识到（我也一直知道）安内特嫉妒她强健的体格，并且本能地利用这一点来打击对方。

"有一天，安内特兴高采烈地过来找我。

"'劳尔，'她说，'我们今天会被愚蠢的费丽茜给逗坏的。我们会笑死的。'

"'你准备做什么？'

"'跟着我一起去那间小屋子，我会告诉你。'

"看来，安内特不知从哪儿弄来了一些书。书上有些地方她也读不太懂，不过，这些地方也确实大大超过了她的理解能力。那是一本关于催眠术的早期著作。

"'要有一个发光的物体，书上说。我床上的那个黄铜球饰，可以滴溜溜地转。我让费丽茜昨晚盯着它看。"一直看着它，"我说，"视线不要离开。"接着我转动它。劳尔，我大吃一惊。她的眼睛看起来非常奇怪——非常奇怪。"费丽茜，你要一直照我说的做，"我说。"我会一直按照你说的做，安内特。"她回答道。然后——然后——我说道："明天中午十二点你要拿着一支蜡烛去操场，到了之后把它吃掉。要是有人问你的话，你就说这是你

尝过的最好吃的糕饼①。'噢！劳尔，想想这场面！'

"'但是她永远不会做这样的事情。'我反驳道。

"'但这本书是这样说的。虽然我也不是那么相信它——但是，噢！劳尔，如果这本书上讲的都是真话，那会有多好玩。'

"我也认为这个主意非常有趣。我们传话给其他的伙伴，让他们十二点到操场上去。就在那一刻，费丽茜手拿一截蜡烛出来了。你们相信吗？先生们，她开始面色严肃地小口咀嚼起来。我们都要发疯了！大家时不时地走上前去，一本正经地问她：'好极了，你在这里吃什么呢，嗯，费丽茜？'她回答道：'这是我吃过的最好吃的糕饼。'接着我们都尖声大笑起来。我们的笑声是如此之大，以至于最终似乎唤醒了费丽茜，让她意识到自己在做什么。她疑惑不解地眨了眨眼，看看那截蜡烛，又看看我们。她把手掌按在自己的前额上。

"'但是我在这里做什么呢？'她喃喃自语道。

"'你在吃蜡烛。'我们尖声喊道。

"'我让你这么做的，我让你这么做的。'安内特一边手舞足蹈，一边欢叫道。

"费丽茜呆立了一会儿，然后慢慢走向安内特。

"'所以说是你喽——是你让我变得如此荒谬可笑？我记住了，噢！我要杀了你。'

"她用一种非常平静的口吻说着这些话，但是安内特迅速跑开，躲到了我背后。

"'救救我，劳尔！我害怕费丽茜。这仅仅是个玩笑，费丽茜，仅仅是个玩笑。'

---

①原文为法语"galette"。

"'但是我讨厌这些玩笑,'费丽茜说,'你明白吗?我恨你,我恨你们所有人。'

"她忽然放声大哭,跑开了。

"我想,安内特被她这次试验的结果给吓到了,因此以后她再也没做。但是从那天起,她对费丽茜的支配似乎更加严重了。

"费丽茜,我现在相信,一直都很恨她,但是无法控制自己远离安内特。她习惯像一条狗一般跟在安内特身后。

"这之后不久,先生们,我就找到了工作,只能偶尔在假期回'家'。安内特想要成为舞蹈家的愿望似乎没那么强烈了,但是随着年龄的增长,她拥有了一副优美的嗓子,斯莱特小姐同意把她培养成一位歌唱家。

"安内特很勤奋。她疯狂地练习,从不休息。斯莱特小姐不得不阻止她做如此高强度的训练。有一次她跟我谈到她。

"'你一直都很喜欢安内特,'她说道,'劝劝她不要练习得太拼命。最近她有点轻微的咳嗽,我不太喜欢她的状态。'

"不久之后,因为工作我远离了那里。最初我还能收到来自安内特的一两封信,但是之后她就销声匿迹了。那之后的五年我都在国外。

"实在是出于机缘巧合,当我回到巴黎时,我的注意力被一张贵妇打扮的安内特·拉威尔的海报吸引住了。我立马认出了她。那天晚上我半信半疑地去剧院找她。安内特在法国和意大利演唱。舞台上的她光彩照人。随后我去了她的化妆室,她立即招待了我。

"'嘿,劳尔。'她叫道,把她的白色手帕递给我,'真是好极了。这些年你都去哪儿了?'

"我很想一一告诉她,但是她似乎并不是真的想听。

"'你看，我才刚刚回来。'

"她在堆满花束的房间里得意地挥着手。

"'好心的斯莱特小姐一定会为你的成功而自豪的。'

"'那个老家伙？才不会呢。她给我设计的路是，你知道，要我去公立音乐学院，在端庄高雅的音乐厅演唱。但是我，是一位艺术家。在这里，站在这变幻无穷的舞台上，我才能真正表达我自己。'

"就在此时，一位英俊的中年男人走了进来。他十分与众不同。通过他的言行举止我能看出来他是安内特的保护人。他斜瞥了我一眼，安内特赶忙解释道：

"'我儿时的一位朋友。他正好路过巴黎，在海报上看到我的照片，仅此而已。'

"那个男人听到这些解释后变得和蔼可亲多了。当着我的面，他把一个镶满了红宝石和钻石的手镯带到了安内特的手腕上。当我起身要走的时候，她向我投来了得意的一瞥，对我低声耳语道：

"'我做到了，不是吗？你看，世界上的一切就在我面前。'

"但是当我离开那间屋子时，我听到了她的咳嗽声，一阵尖锐、干涩的咳嗽声。我知道那种咳嗽意味着什么，那源自于她患了肺结核的母亲的遗传。

"两年后，我又一次见到了她。她再次回到了斯莱特小姐那里寻求庇护。她的事业没落了。肺结核已经到了晚期，医生宣称对此无能为力。

"噢！我永远不会忘记那时我看到的她的样子！她躺在花园的窝棚里。她就那样日日夜夜躺在户外。她的脸颊凹陷下去，面庞烧得发红。眼神又亮又炽热，还在不停地咳嗽着。

"她招呼我时的那种绝望感深深地震撼了我。

"'能见到你真高兴,劳尔。你知道他们都说了些什么——他们说我没救了。他们在我背后悄声议论,你知道。但是当他们面对我时,又试图安慰我、慰藉我。但那不是真的,劳尔,不是真的!我不会让我自己死去,死亡!当还有美妙的人生铺展在我面前的时候,重要的是有求生的意志。如今所有优秀的医生都这么说。我不是那种会轻易屈服的人。我感觉自己已经好些了——确实好多了,你们听见了吗?'

"她用手肘支撑起自己,大声对着房子里的人喊着,忽然一阵猛烈的咳嗽重击了她孱弱不堪的身体。

"'这咳嗽——根本没什么。'她气喘吁吁地说,'咯血也不会让我害怕。我会让医生大吃一惊。求生的欲望才是真正重要的。记住,劳尔,我要活下去。'

"真是令人同情,你们知道,让人同情。

"就在此时,费丽茜·鲍尔特端着一个托盘出来了。一杯热牛奶。她把牛奶递给安内特,带着一种说不清的神色,看着她喝了下去。隐含在她表情中的,是一种无法抑制的满足感。

"安内特也捕捉到了这种表情。她愤怒地把杯子掷了出去,杯子摔得粉碎。

"'你看到她那副样子了吧?这就是她惯用的看我的样子。她很高兴我就要死了!是的,她对此欣喜若狂。她是那样的健康和强壮。看看她,一天病都没生过,这样的人!而且什么病都不会得。为什么她的体格那么好?她是怎么做到的?'

"费丽茜站住,捡起了掉落在地上的玻璃碎片。

"'我不在意她说了些什么。'她用一种类似歌唱般的嗓音说道,'那又有什么关系呢?我是个高尚的人。至于她,不久后就

会体验到炼狱火焰的滋味。我是个基督徒，我什么也没说。'

"'你恨我，'安内特狂叫道，'你一直很恨我。噢！但我还是能控制你。我能让你做我想要你做的事。现在看着，如果是我命令你，你就会跪倒在我面前的碎玻璃上。'

"'你真荒谬。'费丽茜不自在地说道。

"'但是，是的，你会这么做。你会的，为了讨我欢心。跪下。我命令你这么做。跪下，费丽茜。'

"不知是因为她声音中那种奇妙的请求，还是别的更深层的原因，费丽茜照做了。她慢慢地跪了下来，手臂张开，脸上尽是茫然和愚蠢。

"安内特头朝后仰，放声大笑——一阵又一阵的狂笑。

"'看看她，看看她愚蠢的脸！她看起来多么可笑啊。现在你可以站起来了，费丽茜，谢谢你！对我喊叫是没有用的，我是你的主人。你要照着我说的做。'

"她精疲力竭地躺回到自己的枕头上。费丽茜捡起了地上的托盘，慢慢地走开了。当她回头看时，她眼神中所闪现的压抑在心底的怨恨之情令我十分震惊。

"安内特去世的时候我不在场。但是那场面可怕极了。她一直在挣扎，就像一个疯婆子一样抗拒死亡。她一次又一次地咆哮：'我不会死的——你们听见了吗？我不会死的，我会活下来——活下来——'

"当我六个月后去探访斯莱特小姐时，她把这一切都告诉了我。

"'我可怜的劳尔。'她仁慈地说，'你爱她，不是吗？'

"'一直爱着——一直。但是我对她又有什么用呢？我们不要再谈论这个话题了。她死了——她是如此聪慧，如此充满生命

的活力……'

"斯莱特小姐是个好心肠的女人。她继续说着一些别的事情。她非常担忧费丽茜,所以她告诉我,那个姑娘有过一次古怪的精神崩溃,自那以后她的言行举止就变得非常奇怪了。

"'你知道,'斯莱特小姐犹豫了一会儿,说,'她在学习弹钢琴。'

"我不知道这件事,而且听到这个消息我感到很震惊。费丽茜——学习弹钢琴!我一直低估了这个姑娘,以为她连音符都不会分辨。

"'她很有天赋,他们说。'斯莱特小姐继续说着,'我不明白。我总是把她看成——嗯,劳尔,你知道,她一直是个愚蠢的姑娘。'

"我点点头。

"'她有时候的行为举止真是古怪极了——我真的不知道是什么造成了这种情况。'

"几分钟后我走进了阅览室①。费丽茜正在弹钢琴。她所弹奏的正是安内特在巴黎所唱的歌曲的旋律。你们知道,先生们,这让我吃了一惊。就在此时,她听到了我进来的声音,忽然停止了弹奏,转头看着我,她的眼神中满是嘲弄和智慧。那一刻我想——嗯,我实在不愿告诉你们我在想什么。

"'喂!'她说道,'是你吗——劳尔先生。'

"我无法描述她说话的方式。安内特一直叫我劳尔。但是费丽茜,从我们还是孩子时,她就一直称呼我劳尔先生。但是她现在说话的方式迥然不同——尽管还是先生②,但是稍微带点重

---

① 原文为法语"salle de lecture"。
② 原文为法语"Monsieur"。

音，听起来非常有趣。

"'为什么,费丽茜?'我结结巴巴地说,'你今天看起来很不一样。'

"'是吗?'她沉思道,'是有点奇怪。但不要那么严肃,劳尔——我决定叫你劳尔——为什么我们不能像小时候那样一块玩耍呢?——生命就是为了欢笑。让我们说说可怜的安内特吧——她已经死了,被埋葬了。不知她现在是在炼狱,还是别的什么地方?'

"接着她哼了一段歌曲——尽管音调不够和谐流畅,但是歌词引起了我的注意。

"'费丽茜,'我说道,'你在说意大利语吗?'

"'为什么不可以,劳尔?或许,我并不像我装出来的那么愚蠢。'她嘲笑我的大惊小怪。

"'我不明白——'我刚说道。

"'但是我要告诉你,我是个好演员,即使没有人察觉。我能饰演很多角色,而且演得都不错。'

"她再次大笑起来,并在我拦住她之前迅速跑出了房间。

"我离开之前,再次见到了她。她在一张扶手椅里睡着了,打着重重的鼾。我站在一旁观察她,虽然内心抗拒,但还是被吸引住了。突然,她惊醒了,呆滞无神地看着我。

"'劳尔先生。'她机械地喃喃道。

"'是的,费丽茜,我马上就要走了。在我走之前,你能为我再弹奏一曲吗?'

"'我?弹钢琴?你在取笑我,劳尔先生。'

"'你不记得今天早晨你为我弹钢琴了吗?'

她摇了摇头。

"'我弹钢琴？像我这样可怜的姑娘怎么会弹钢琴？'

"她停顿了一会儿，似乎若有所思，然后示意我靠近点。

"'劳尔先生，在这所房子里有一些奇怪的事情正在发生！它们戏弄我。它们会改变时间。是的，是的，我知道我在说什么。而且这些全都是她做的。'

"'谁做的？'我惊奇地问道。

"'就是安内特，那个邪恶的女人。她活着的时候就常常折磨我。现在死了，她又从死神的手中挣脱，依旧来折磨我。'

"我盯着费丽茜。我看得出现在她处于一种极端的惊恐中，她的眼睛紧盯着前方。

"'她坏极了，那个家伙。她坏极了，我告诉你。她会从你的口中夺走面包，从你的脊背上抽走衣服，从你的身体里攫取灵魂……'

"她猛地抓住我。

"'我很害怕，我告诉你——害怕。我听得到她的声音——不是来自我的耳朵——不，不是我的耳朵。这里，在我的大脑里——'她拍了拍自己的前额。'她会把我赶走的——把我整个儿给赶走，然后我该怎么办呢，我会落得什么样的下场？'

"她的声音高得像在尖叫。她的眼神就像一头海滩上惊恐的野兽……

"忽然间她笑了起来，非常轻松愉悦的笑容，满是狡黠，这笑容中的某些东西令我不寒而栗。

"'劳尔先生，如果真有一天，我拥有一双这样的手，我就会强壮无比——强壮无比。'

"我之前从未刻意观察过她的手。现在看到后，我也不禁颤抖起来。短短的、粗糙的手指,就像费丽茜所说的那样,拥有令人恐惧的力量……我解释不清那种向我席卷而来的恶心感。有着那样的一双手,她的父亲必然会掐死她的母亲……

"那是我最后一次看到费丽茜·鲍尔特。后来我又到国外去了——去了美国南部。在她离世两年后,我才从国外回来。偶然间我在报纸上读到关于她的生平和意外暴死的消息。我今晚听到了更全面的细节——从你们这里——先生们!费丽茜3和费丽茜4——我怀疑她是个很好的演员,你知道!"

火车忽然减速。那个蜷在角落里的男人坐直身子,把外套裹得更紧了。

"那么你的理论是什么?"律师问道,倾身向前。

"我几乎无法相信——"卡农·帕菲特刚准备说话,又打住了。

医生什么也没说。他一直盯着劳尔·莱特杜。

"从脊背上抽走你的衣服,从身体里攫取你的灵魂。"这位法国男人轻轻地重复着这句话。他站了起来,"我跟你们说,先生们,费丽茜·鲍尔特的历史就是安内特·拉威尔的历史。你们不认识她,先生们,我认识。她是那么热爱生命……"

他把手放在车门上,准备冲出去,突然又折回来,弯腰拍着卡农·帕菲特的胸膛。

"那边的医生,他刚刚说,这一切"——他往卡农的胃部重击一拳,卡农痛得直往后缩——"只是一个居所。告诉我,如果你在自己的房子里发现一个盗贼,你会怎么办?朝他开枪,不是吗?"

"不会,"卡农叫道,"不会,真的——我的意思是——在这个国家不行。"

但是他最后几个词是对着空气说的。那个旅客砰的一声关上了门。

牧师、律师和医生呆坐在车厢里。第四个角落的座位已经空了。

吉卜赛人 ——————

1

麦克法兰常常注意到他的朋友迪基·卡朋特对吉卜赛人怀着一种奇怪的厌恶感。他从不知道原因何在。但是当迪基与埃丝特·劳斯的婚约被解除后,这两个男人之间的隔阂也暂时消失了。

麦克法兰与劳斯的小妹妹蕾切尔结婚已经有大约一年时间。在劳斯姐妹还是孩子的时候,他就与她们熟识了。他是一个对所有的事情都迟钝而小心的人,他极不愿意承认自己逐渐被蕾切尔孩童般的脸庞以及真挚的灰色眼眸所吸引。虽然她没有埃丝特那样的美貌,没有!但是身上却散发出一种更加真实、更加甜蜜的感觉。随着迪基和姐姐埃丝特订婚后,这两个男人之间的纽带似乎更紧密了。

然而如今,仅仅在几个星期后,迪基和埃丝特的婚约就解除了。迪基,只有他一个人,受到了重创。迄今为止,在他年轻的生命旅程中,他一直是事事顺利。他在海军中谋得了很好的职位。他从一出生就对大海充满了热爱。在他身上存在着某种维京人的精神血脉,他拥有原始而又直爽的气质,精细敏锐在他面前显得十分多余。他是那种不大爱说话的年轻英国小伙儿,也不喜欢任何形式的激情,而且非常不擅于用语言表达自己的内心想法。

麦克法兰,一个冷峻的苏格兰人,在他身体的某个地方暗藏着凯尔特人的幻想。当他的朋友挣扎在言语之海时,他只是抽着烟静静倾听着。他预感到一场倾诉即将到来。但是他希望这次能换个话题。不管怎么说,一开始没有提及埃丝特·劳斯,看起来这只是一个关于孩童恐惧经历的故事。

"在我还是个孩子的时候,我总是被一个噩梦惊醒。那不能说是一个彻头彻尾的噩梦。她——吉卜赛人,你知道——会出现在任何陈年旧梦中——有时甚至是美梦(或者说是孩子们所认为的美梦——一次派对、好吃的咸饼干以及其他的东西)。我痛快地在梦中玩耍,然后我就会感觉到,如果往上看,她肯定会在那儿,就像之前一样站着,望着我……眼神哀伤,你知道,好像她知道一些我不知道的事情……我没办法讲清楚为什么我如此恐惧——但真的是!每次都这样!我常常从梦中惊醒,而我的老保姆就会对我说:'看!迪基小主人又梦到吉卜赛人了!'"

"你是否被真实生活中的吉卜赛人吓到过?"

"我从没见过一个吉卜赛人,直到最近。这也真是奇怪极了。那次我正在追赶我的小狗,它跑开了。我穿过花园的小门,沿着树林中的一条小径追赶。那时我们住在新福雷斯特,你知道。最终我走到了一块新开拓地,有一座木桥架在小溪上。就在木桥旁边站着一个吉卜赛人——她的头上裹着一块红头巾——就跟我在梦中所见到的一样。我立即感到不寒而栗!她看着我,你知道……就是那种眼神——好像她知道某些我不知道的东西,并为此感到哀伤……然后,她向我点点头,非常平静地说:'如果我是你的话,我就不会走这条路。'我没办法告诉你为什么,但是这真的让我怕得要死。我从她身边猛冲过去,冲向那座木桥。我估计那座桥可能已经腐朽了,不管怎样,它塌了下去,我掉进了小溪里。桥塌陷的速度相当快,我差点被淹死。真的快要被淹死了。我永远都不会忘记那一幕。而且我总觉得这都跟那个吉卜赛人有关……"

"即使如此,说起来,她不是警告过你不要走这条路吗?"

"我想你可以这样理解。"迪基停了一下,接着说,"我把我的梦告诉你,不是因为它和之后发生的事情有什么关联(至少,我认为它没有关联),而是因为它是后来发生之事的起点。你现在明白我所说的'吉卜赛人的感觉'是什么意思了吧。所以我接下来要讲我在劳斯家的第一个晚上。那时,我刚从西海岸归来。再次回到英国真是不适应。劳斯家族是我家的老朋友。自从我七岁以后就没有见过他家的姑娘了,但小亚瑟是我的老友,他去世后,埃丝特曾经给我写过信,她的信写得非常有意思!这让我无比高兴,我一直都希望自己是个回信的高手。我是那么渴望见到她。想要只从信件的字里行间而不是其他什么地方去好好了解一位姑娘,是一件很奇怪的事。嗯,我首先去劳斯家拜访。我到达时,埃丝特不在家,但是预计她晚上就会回来。晚餐时我挨着蕾切尔坐,当我上下打量长长的餐桌时,那种奇怪的感觉又向我涌来。我觉得有人在盯着我看,这让我很不舒服。接着,我看到了她——"

"看到了谁——"

"霍沃斯夫人——我马上要告诉你她的故事。"

麦克法兰刚准备说却没有说出口的话是:"我本以为你要告诉我关于埃丝特·劳斯的故事。"但他只是安静地坐着,于是迪基继续说道:

"她身上有些东西让她与别人很不一样。她坐在老劳斯的旁边,头前倾着,认真严肃地听他讲话。她的脖颈上围着一条红色的薄纱巾。我想它已经很破旧了,但是不管怎样,它就像一条小火舌那样绕在她脖子上……我问蕾切尔:'坐在那边的女士是谁？就是那个神秘的——围着一条红色薄纱巾的女士。'"

"你指的是阿丽斯泰尔·霍沃斯吗？她就围着一条红色薄纱巾。但是她很美丽，非常美丽。"

"就是她。她的头发非常迷人可爱，闪着金光。但是我绝对可以起誓，她很神秘。真是奇怪，人的眼睛居然可以对其他人施法术……晚餐过后，蕾切尔给我们互相做了介绍，我们在花园里散了一会儿步，讨论了转世轮回的话题……"

"这个话题不适合你，迪基！"

"我想也是。我记得有人说过，要迅速认识一个人似乎需要极其敏锐的洞察力——就好像你曾经见过他们一样。她说：'你想要爱人……'她说这句话的方式有点古怪——既温柔又热切。这使我想起了一些事，但是我不记得是什么了。我们继续闲聊了一会儿，然后老劳斯从阳台那边招呼我们——他说埃丝特已经回来了，她想见见我。霍沃斯太太把她的手放在我的胳膊上说道：'你要进去吗？''是的。'我说道，'我想我们最好进去。'然后——然后——"

"什么？"

"那些话听起来非常讨人厌。霍沃斯夫人说：'如果我是你，我就不会进去……'"他停顿了一下，"我被吓住了，害怕极了。这就是为什么我要把我的梦告诉你……因为，你看，她用跟梦里一样的方式说话——平静的口吻，就好像她知道一些我不知道的事情。这不仅仅是一位漂亮的女士想要我跟她待在花园里不想进屋那么简单。她的声音异常温和，还带着惋惜的意味，就好像她知道即将要发生什么……我觉得自己有点不礼貌，但还是转身离开了她——几乎是跑着进了屋。起码，房间里看起来安全一点儿。我知道自打一见到她，我就感到害怕。看到老劳斯时我松了一口气。埃丝特就在他身旁站着……"他迟疑了一小会儿，然后含糊不清地喃喃自语道："毫无疑问——从我看见她的那一刻起，我就知道自己已深陷其中不可自拔。"

麦克法兰的思绪飘向了埃丝特·劳斯。他曾听闻她被形容为"高六英尺一英寸的犹太人的完美化身"。在他看来，她是一个机敏的人，他想起她那不寻常的身高以及修长窈窕的身材，那犹如大理石般白皙的脸庞，精致挺拔的鼻子，乌黑闪亮的发丝和眼睛。是的，毫无疑问，像孩子般单纯的迪基会被她降服。埃丝特永远不会令他心跳加速，但是他很欣赏她的美貌。

"后来，"迪基接着说，"我们订婚了。"

"很快就订婚了？"

"嗯，大约过了一个星期。但是两星期后，她又发现自己一点也不爱我……"他挤出了一丝苦笑。

"在我上船的前一个晚上，我从村庄里回来，穿过树林的时候，看到了她——霍沃斯夫人。她头戴一顶红色的头巾形帽子，而且——一看到她，我就吓得跳了起来！我告诉过你我的梦，所以你能了解……然后我们同行了一段路，并聊了一些埃丝特从来没有听过的话……"

"是吗？"麦克法兰疑惑地看着他的朋友。当一个人告诉你一些连他们自己都没有意识到的事情，该是多么奇怪啊！

"这之后，当我要转身回家时，她叫住了我。她说：'你这么快就要回家了？如果我是你，我就不会这么快回去……'那一刻我知道——一定有什么糟糕的事情在等着我……而且……我一回到家就遇到了埃丝特，她告诉我——她发现自己不是真的爱我……"

麦克法兰略带同情地嘟囔着。"霍沃斯夫人呢？"他问道。

83

"我再也没有见过她——直到今天晚上。"

"今晚吗?"

"是的。在约翰尼医生的私人疗养院。他们给我的那条腿做了检查,就是那条因为鱼雷事故被炸伤的腿。我最近有点担忧它的情况。那个老兄建议我动手术——一个相当简单的手术。但是我离开时,撞到了一个穿着红色护士服的姑娘,而且她跟我说:'如果我是你,我就不会接受这次手术……'接着我认出那个人是霍沃斯夫人。她飞快地走了过去,我没能拦住她。我问了另外一位护士关于霍沃斯夫人的事情,但是她说这家疗养院从来没有人叫这个名字……奇怪……"

"你确定那是她吗?"

"噢!是的,你知道——她是那么漂亮……"他停住了,接着补充道,"我当然应该接受手术,但是——为了以防我的生命马上结束——"

"一派胡言!"

"当然是胡言。但是我很高兴能告诉你关于这个吉卜赛人的事情……你知道,这里面还有更多细节,如果我能记起来的话……"

2

麦克法兰走上了一条陡峭的荒路,朝一所靠近山顶的房子的大门走去。他摆正了下巴,摁响门铃。

"霍沃斯夫人在家吗?"

"是的,先生。我这就为您禀告。"仆人将他独自留在一间低矮狭长的房间里,通过窗户,可以看到外面荒野的景观。他微微皱了皱眉。难道他自己也变成一头大蠢驴了吗?

接着,他吃了一惊。一阵低沉的歌声从他头顶飘过来:

> 一个吉卜赛女人
> 住在荒野上——

声音停住了。麦克法兰的心跳在暗暗加速。那扇门打开了。她那种令人迷醉的、斯堪的纳维亚式的美丽扑面而来,让麦克法兰大吃一惊。虽然他已经听了迪基的描述,还幻想过她那种吉卜赛式的神秘……但是他忽然想起了迪基的话,以及他说话时的语调:"你知道,她非常漂亮……"完美无缺的美丽是罕见的,但是阿丽斯泰尔·霍沃斯就拥有这样完美无缺的美丽。

他朝她迎了上去:"恐怕你没从亚当那里听说过我。我从劳斯处获取了你的住址。但是——我是迪基·卡朋特的朋友。"

她认真地看了他一两分钟,接着说道:"我要出门了。去荒野。你要跟我一起去吗?"

她推开门,走上了山坡。他跟着她。一个身形臃肿、长相愚蠢的男人正坐在一张摇椅里抽烟。

"那是我丈夫!我们要去荒野,莫里斯。然后麦克法兰先生将会与我们共进晚餐。你很乐意,是吗?"

"多谢。"他跟随着她轻快的脚步登上了山,在心里想着:"为什么?为什么,普天之下这么多人可以选择,她为什么偏要嫁给那种家伙?"

阿丽斯泰尔走到岩石边:"我们在这里歇一歇。你是不是准备告诉我——你来这里要告诉我的事情。"

"你全都知道?"

"我总是能预知不幸之事的发生。这有点糟糕，不是吗？关于迪基的事？"

"他做了一个小手术，非常成功。但是他的心脏一定相当脆弱。他死于麻醉。"

他想从她的脸上窥见些什么，但几乎什么也看不出来——她脸上只有那种无尽的疲倦……他听到她在嘟囔："又一次——等待——无尽的等待——无尽……"她向上望去："是的，你要说什么？"

"就是这些。有人警示过他不要做这次手术。一位护士。他认为那个人是你，是吗？"

她摇了摇头。"不，那不是我。但我有一位堂姐是护士。从暗处看，她跟我长得很像。我敢说那人是她。"她再次望向他，"这无关紧要，不是吗？"忽然间，她睁大眼睛，吸了口气，"噢！多有趣啊！你理解不了……"

麦克法兰迷惑不解。她仍旧在盯着他看。

"我觉得你能……你应该也能。你看起来也像拥有这种能力的人……"

"拥有什么？"

"那种天赋——诅咒——你想怎么称呼就怎么称呼。我相信你有这种能力。仔细盯着这些岩石上的孔洞看。不要想其他任何事，只是盯着……噢！"她察觉到他自己也大吃一惊，"嗯——你看到了些什么？"

"这肯定都是幻觉。就在刚才一瞬间我看到它里面都是血！"

她点点头："我就知道你有这种能力。那个地方曾经是古拜日者的祭祀场所。虽然没有任何人告诉过我，但我早就知道。有好几次，我甚至知道他们是如何感知它的——几乎就像我自己也在场一样……这荒野的一些东西让我感觉自己好像是回到了家……当然我天生就具备这种天赋。我是弗格逊家族的人。家族成员都有第二视力。而且我母亲在嫁给我父亲之前是一位灵媒。她叫克里斯汀,曾名动一时。"

"你所指的'能力',就是在事物发生之前就能预见到它的能力吗?"

"是的,发生之前或者发生之后——这没什么区别。举个例子,我看得出你在疑惑我为什么要嫁给莫里斯——噢!是的,你确实对此很疑惑!——这很简单,因为我一直知道有一些可怕的事情在缠着他……我想要把他从那些事情中解救出来……女人就是这样。凭借我的天赋,我可以阻止事情的发生……如果有人曾经能做到的话……我无法帮助迪基。而且迪基也不会理解……他很害怕。他太年轻了。"

"只有二十二岁。"

"而我三十岁了。但我指的不是那些。有很多方法可以造成分隔,长度、高度和深度……但是被时间分隔是最糟糕的……"她陷入了长时间的沉思中。

从房子那边传来的一阵低沉的钟声唤醒了他们。

在享用午餐时,麦克法兰观察着莫里斯·霍沃斯。毫无疑问,他狂热地爱着他的妻子。他的眼中流露出一种像狗一般忠诚愉悦的爱意。麦克法兰同样也注意到霍沃斯夫人回应他时的那种柔情,带着母性。午餐后他准备告辞。

"我会在山下的旅馆待上一两天。我可以再来拜访你吗?明天,可以吗?"

"当然可以。但是——"

"但是什么——"

她飞快地用手擦擦眼："我不知道。我……我想我们不会再见面了……就这样……再见。"

他顺着下山的小路慢慢地走着。不知不觉中，好像有一只冷冰冰的手紧紧抓住了他的心脏。当然，她的话里没有什么暗示，但是——

一辆汽车飞掠过山角。他平贴在山壁上……刚好及时躲过了。一丝奇怪的惨淡的灰白色掠过了他的脸庞……

3

"上帝啊，我的大脑简直一团糟。"在第二天早晨醒来之后，麦克法兰嘟囔道。他冷静地回忆着昨天下午发生的事。那辆汽车，去往旅馆的捷径以及忽然出现的雾气让他迷了路，他能预感到危险的沼泽就在不远处。接着旅馆烟囱的通风管掉了下来，他追踪着夜里燃烧的烟火味来到了炉边地毯的一堆灰烬前。里面什么也没有！什么也没有——但是因为她的话，以及她知道的那种深埋在他自己心中不愿承认的必然……

他猛地脱掉睡衣，觉得应该马上去见她。这样就会打破这个诅咒，就是，如果他能安全到达的话……天哪，他简直是个傻瓜！

他几乎吃不下早餐。十点整他上路了。十点半的时候他把手放在了门铃上。就在那一刻，他强迫自己深吸一口气，放松一下。

"霍沃斯夫人在家吗？"

前来开门的还是之前那个年老的女仆。但是她的脸色变了——在哀伤的重击之下。

"噢！先生，噢！先生，你也听说了吗？"

"听说什么？"

"阿丽斯泰尔小姐，那只娇美的小羊羔。每晚她都要喝补品。但是那个可怜的上尉一定是迷糊了，他简直疯了。他在黑暗中拿错了放在架子上的瓶子……他们被送到了医院，但是晚了一步，没救了——"

浮现在麦克法兰脑海中的话是："我一直知道有一些恐怖的事情在缠着他。我应该可以阻止它们发生——如果曾经有人做得到的话——"噢！但是人无法欺骗命运……当你想要挽救的时候，那种奇怪的预感已经遭到破坏……

那位老仆人继续说："我娇美的小羊羔！她是那样的甜美可人，那样优雅有礼，对任何陷入麻烦之事都感到痛心。无法忍受任何人遭受伤害。"她迟疑了一下，然后接着说："你要上去看看她吗，先生？我想，从她说的话中看得出，你一定很早以前就认识她了。很早之前，她说……"

麦克法兰跟着那个老女仆走上了台阶，进入客厅上面的房间，前天就在那里，他听到了歌声。窗户顶部装着彩色玻璃。一束红色的光透进来，照在床头上……一个吉卜赛人戴着红头巾……一派胡言，他的神经又在戏弄他了。他最后长长地看了阿丽斯泰尔·霍沃斯一眼。

4

"先生，有一位女士要见您。"

"呃？"麦克法兰茫然地望着房东，"噢！能再说一遍吗，罗丝太太，我一直在看那些鬼魂。"

"先生,是真的吗?我知道,黄昏以后在这片荒野上总能看到一些古怪的东西。那里有一位身着白衣的女士,有位来自地狱的铁匠,还有水手和吉卜赛人——"

"什么?水手和吉卜赛人?"

"他们就是这么说的,先生。在我年轻的时候,这里就流传着这样的传说。他们错失了爱情,那是很早之前的事了……但是他们现在已经好久没有出来游荡了。"

"不出来了?我想,或许——他们现在又会再次现身……"

"天哪!先生,你在说什么呢!那位年轻女士——"

"什么年轻女士?"

"那个等着见您的人。她在会客厅。劳斯小姐,她说她的名字是劳斯。"

蕾切尔!他感觉到了一阵奇怪的收缩感,视觉转移了。他穿透到了另一个世界。他忘了蕾切尔,因为蕾切尔只属于这个世界……视觉又再次奇怪地转移,落回只有三维的世界之中。

他打开客厅的门。蕾切尔——她那诚挚的棕色眼眸。忽然间,就像一个从梦中惊醒的人,一种回归现实的温暖、愉悦的冲击波涌向了他。他还活着——或者!他想:"人只能确信一种生活!就是这种生活!"

"蕾切尔!"他一边说着一边抬起她的下巴,吻上了她的嘴唇。

灯

1

毫无疑问，这是一座老房子。整个广场都很老旧，人们在教区里常常会遇到这种不合时宜但又庄严古老的事物。但是第十九号给人的印象是古旧事物中最古旧的；它具有那种真正意义上的族长似的庄严；它耸入云霄，是灰色中最显灰的，傲慢中最傲慢的，冷峻中最冷峻的。严肃、令人生畏，以及那种因为长时间无人居住所带来的独有的荒凉印记，让它睥睨着其他建筑。

在其他的教区，它会被随意地贴上"鬼宅"这样的标签，但威斯敏斯特是不欢迎鬼魂的地方，在那里，鬼魂很少被看作是可受尊重的东西，除非是在"望族"的封地上。因此第十九号从来没被视作是一栋鬼屋，但是，年复一年，它仍旧被闲置在那里，可租可售。

2

兰卡斯特夫人跟在滔滔不绝的房屋代理人身后向上走，并用赞赏的眼光打量着这座房子，那位房屋代理人正以一种非常滑稽的态度努力要把第十九号房屋从自己手中卖出去。他边把房门钥匙插进去，边继续着他那充满赞赏意味的介绍。

"这座房子闲置多久了？"兰卡斯特夫人问道，非常唐突地打断了代理人滔滔不绝的话语。

拉迪什先生（拉迪什·福普洛）变得有点儿紧张不安起来。

"嗯，呃，有一段时间了。"他没精打采地说。

"我觉得也是。"兰卡斯特夫人冷淡地说。

昏暗的大厅里弥散着一种阴森的寒意。一位稍具想象力的女士可能会发起抖来，但她却是一位极其务实的女士。她个子高大，乌黑的头发中夹杂了一些灰色发丝，长着一双相当冷峻的蓝色眼眸。

她从阁楼到地窖环视了房子一圈，并时不时地问一两个中肯的问题。巡查结束后，她回到前面的房间里，往外看向广场，然后用一种坚定的态度直面着代理人。

"这座房子出过什么问题？"

拉迪什先生吃了一惊。

"当然了，一栋没有装修的房屋总是多多少少显得有点阴郁。"他无力地搪塞着。

"一派胡言。"兰卡斯特夫人说道，"这样的房子只要如此低的租金——纯粹是象征性地收一点，这其中肯定有原因。我想是不是这栋房子闹鬼？"

拉迪什先生吓得有点儿慌张起来，但还是什么话都没说。

兰卡斯特夫人眼神尖锐地盯着他。几分钟后，她又开口道：

"当然了，这些都是胡说八道，我不相信任何关于鬼魂之类的东西，而且，这也不会阻止我去买这座房子。但很不幸的是，我的仆人们，他们非常容易相信这些，还很容易被吓到。你最好实话告诉我——是什么让这个地方被闲置了。"

"我……呃……我真的不知道。"房屋代理人结结巴巴地说道。

"我敢肯定你知道。"那位女士冷静地说道，"如果你不告诉我真正的原因，我是不会买这里的。是因为什么？出了杀人犯？"

"噢！不是的。"拉迪什先生惊叫道，被这种与广场的庄严感十分不符的说法吓了一跳，"是因为——仅仅是因为一个孩子。"

"一个孩子？"

"是的。"

"这个故事的确切情况我不是很了解。"他不情不愿地继续说着，"当然了，这个故事有很多不同的版本，但是我相信，大约在三十年前，一个叫作威廉姆斯的人买下了第十九号房屋。对于威廉姆斯的情况我们一无所知。他没有雇佣仆人，也没有朋友，白天他很少出门。他有一个孩子，一个小男孩。在搬到这儿的两个月后，他去了伦敦，至此以后，他鲜少出现在这个教区，直到有人认出他是一个被警察'通缉'的逃犯——确切的情况，我也不是很清楚。但是，事情肯定很严重，因为，他最终没去自首而是选择了开枪自杀。可那个时候，他的孩子还住在这里，就一个人孤零零地待在屋子里。他还有点粮食可以支撑一段时间，于是一天天待在那儿等着爸爸回来。不幸的是，他一直谨记父亲的话，无论在何种情况下，都不能出门或是和任何人讲话。他是一个孱弱、多病的小家伙，而且从来都没想过要违抗命令。到了晚上，邻居们——不知道他爸爸已经离开了——总是听到他独自在这所孤独空寂的房子里啜泣。"

拉迪什先生停顿了一会儿。

"而且……呃……那个孩子最后饿死了。"他用那种宣告天就要下雨的口吻把故事说完了。

"也就是说，游荡在这里的是那个孩子的鬼魂？"兰卡斯特夫人问道。

"其实那一点都不重要。"拉迪什先生赶紧向她保证说，"这里什么也没有，没人看到过，只是有人这么说而已——当然了，荒谬无稽，但是有人说真的听到——那个孩子——在哭泣。"

兰卡斯特夫人朝着前门走去。

"我非常喜欢这里，"她说，"价钱这么划算，我都不用花费什么。我考虑一下很快给你回复。"

3

"这里看起来相当亮堂，不是吗，爸爸？"

兰卡斯特夫人用赞赏的眼光打量着自己的新领地。华丽的地毯，打磨得发亮的家具，还有许许多多的小摆件，这所有的一切把笼罩在十九号房子上的阴云给吹散了。

她正跟一位瘦弱、佝偻的老人说话，老人肩膀微倾，长着一张高雅神秘的脸庞。文波恩先生和他的女儿大不相同。事实上，他女儿的果决实际和他的富于幻想形成了鲜明对比。

"是的。"他微笑着回答道，"没人能想象得出这曾是一栋鬼屋。"

"爸爸，不要胡说！而且，这是我们搬进来的第一天。"

文波恩先生笑了。

"好的，亲爱的，我们都认为不存在鬼魂之类的玩意儿。"

"而且请您，"兰卡斯特夫人继续说，"不要在杰弗里面前说这些话。他总是那么富有想象力。"

杰弗里是兰卡斯特夫人的儿子。这个家庭由文波恩先生，他的寡居女儿以及杰弗里组成。

天开始下雨了，雨点拍打在窗户上——吧嗒——吧嗒。

"听啊。"文波恩先生说道，"这像不像轻轻的脚步声？"

"它听起来更像是雨声。"兰卡斯特夫人带着笑容说道。

"但，那，那真是脚步声。"她的父亲惊叫道，弯腰俯身去听。

兰卡斯特夫人爽朗地笑出了声。

文波恩先生也跟着笑了起来。他们在客厅里喝茶，他背对楼梯坐着。现在他把椅子转过来，朝楼梯望去。

小杰弗里下楼来了，走得相当缓慢，带着孩子特有的那种对于陌生环境的惶恐。橡木做的楼梯刚漆过，还未铺上地毯。他走了过来，站在妈妈身旁。文波恩先生微微吃了一惊。当孩子从楼梯走下来的时候，他清晰地听到了楼梯上有另外一串脚步声，就好似有人跟着杰弗里。那是一种拖沓、带着古怪而又痛苦的脚步声。然而，他只是疑惑地耸了耸肩，"雨声，毫无疑问。"

"我看到了海绵蛋糕。"小杰弗里用那种好像指出了什么有趣事实的美好而超然的口吻说道。

他妈妈赶忙把这个话题接了过去。

"嗯，宝贝儿，你喜欢你的新房间吗？"她问道。

"好多。"他的嘴巴里几乎被塞满了，"几磅，几磅又几磅。"最后的一句话明显表达了他内心最深处的满足感，之后他又陷入了沉默，只是急于在尽可能少的时间里把海绵蛋糕全部吃掉。

当咽下最后一口之后，他忽然开始说起话来。

"噢！妈妈，这里有阁楼，简跟我说的。我可以马上去那里玩儿吗？那里可能有个密室呢，简说没有，但是我觉得一定有。而且，不管怎样，我知道那里肯定有管道，水管（满脸都是狂喜的表情），而且，噢！我能去看看锅——炉吗？他把最后一个单词拉得很长，带着显而易见的狂喜，以至于他祖父对他这种儿童期无与伦比的快乐感到有些羞耻，文波恩先生的脑海里浮现出这样的画面：没有热水的热水管，以及一大叠沉甸甸的要付给管道工的账单。

"我们明天再去看阁楼吧,亲爱的。"兰卡斯特夫人说道,"想象一下,你用你的积木建造了一幢漂亮的房子,或者一个发动机。"

"我不要造'房纸'[①]。"

"是房子。"

"房子,我也不要什么'滑动机'[②]。"

"那么就建造一个锅炉吧。"他的祖父建议道。

杰弗里眼睛一亮。

"用管子吗?"

"是的,用很多管子。"

杰弗里欢欣雀跃地跑开去拿他的积木。

雨依旧在下,文波恩先生听着雨声。是的,他听到的一定是雨声,但是那个声音真的很像是脚步声。

那天晚上他做了一个古怪的梦。

他梦到自己穿过一个教区,那似乎是一个很大的城市。但那是一座属于孩子的城市,那里似乎没有成年人,除了孩子什么也没有,成群成群的孩子。在他的梦中,所有的孩子冲向了他这位陌生人并大声叫道:"你把他带过来了吗?"看来他似乎明白他们的意思,他哀伤地摇摇头。孩子们看到他摇头,就转身跑开并开始放声哭起来,哭得非常伤心。

那座城市和那些孩子渐渐消失了,他醒了过来,发现自己躺在床上,但是啜泣声仍旧在他耳畔回响。虽然已经完全清醒,但他还是清晰地听到了那些哭声,他记得杰弗里是睡在楼下的房间

[①]这里为孩子含混不清的表达,应为"house",房屋。
[②]同样为孩子含混不清的表达,应为"engine",发动机。

里，而那些孩子哀伤的声音却是从上面传来的。他坐了起来，划了一根火柴。啜泣声立即就停止了。

4

文波恩先生没有把这个梦告诉自己的女儿。但他确信那不仅仅是他的幻想在戏弄他，实际上不久之后，他又在大白天听到了那种哭声，好像风在烟囱里呼啸，但这不是风声——非常清晰，绝不会弄错，是那种令人同情与心碎的啜泣声。

他还发现，他不是唯一一个听到这种声音的人。他无意间听到女佣对客厅女仆说她觉得保姆对小主人杰弗里肯定不好，那天早晨她听到小主人在小声地啜泣。可是杰弗里那天下楼吃早餐和午餐的时候却精神抖擞，快乐无比，这使得文波恩先生确信那不是杰弗里在哭泣，而是那个不止一次用拖沓的脚步声弄得他大吃一惊的孩子。

只有兰卡斯特夫人什么也没有听到。她的耳朵或许不适合捕捉来自另外一个世界的声音。

但是有一天她自己也被吓到了。

"妈妈。"杰弗里悲伤地说道，"我希望您能允许我跟那个小男孩一起玩儿。"

兰卡斯特夫人从写字台上抬起头来，笑着看他。

"亲爱的，什么小男孩？"

"我不知道他的名字。他住在阁楼里，坐在地板上哭泣，但是我一看到他他就跑开了。我猜想他是害羞了（带着一点小小的鄙视），他看起来很瘦弱。然后，当我在儿童室搭积木时，我看到他站在门口盯着我玩，他看上去是那么孤单，似乎很想跟我一起玩耍。我说：'来啊，跟我一起搭建一个发动机。'但是他什么也没说，看起来就好像——就好像看到了一大堆巧克力，但是妈妈告诉他不要去碰那些东西一样。"杰弗里叹着气，悲伤的回忆再次浮现在脑海里，"但是当我问简那个小男孩是谁，我想跟他一起玩时，她告诉我这所房子里没有别的小男孩，并让我不要说胡话。我一点都不喜欢简。"

兰卡斯特夫人站了起来。

"简说得对，这里没有别的小男孩。"

"但是我看到他了。噢！妈妈，就让我跟他玩吧，他看起来是那么孤单，那么不开心。我只是想做些什么让他'好受些'。"

兰卡斯特夫人正准备说话，但是她的父亲对她摇了摇头。

"杰弗里。"他非常温和地说道，"那个可怜的小男孩挺孤单的，或许你能做些事情安慰他。但是要怎么做，你必须自己想办法——就像是解开一个谜题——明白吗？"

"是因为我长大了，所以只能一个人完成吗？"

"是的，因为你长大了。"

当杰弗里离开屋子的时候，兰卡斯特夫人焦急地转向了她的父亲。

"爸爸，这真是太荒谬了。鼓励一个孩子去相信仆人们的闲话。"

"仆人们什么也没对杰弗里说。"老人温和地说道，"他看到了——而且我也听到了，如果我在他这个年纪，估计也能亲眼看到。"

"但那都是胡说八道！为什么我就看不到也听不到？"

文波恩先生笑了，笑得怪异而疲惫，但是他没有回应女儿的问题。

"为什么？"他的女儿再次问道，"为什么你告诉他，他可以帮助那个……那个……小东西。那……那根本就不可能。"

老人用深思的眼光看着女儿。

"为什么不可能？"他说道，"你还记得那些歌词吗？"

是什么灯注定要引导那些孩子们在茫茫黑暗中跌跌撞撞地前行？

"盲人的天赋。"上帝回答道。

"杰弗里就拥有这种——盲人的天赋。所有的孩子都拥有这种能力，只是一长大就会丧失，我们把这种能力从身上除去了。有时候，当我们上年纪以后，微弱的光亮也会重回我们身上，但是那盏灯在童年时代是最亮的。这就是为什么我认为杰弗里可能会对他有所帮助。"

"我不明白。"兰卡斯特夫人有气无力地嘟囔道。

"我也不太明白。那个……那个孩子陷入了麻烦，而且他希望……希望能够得到解救。但是怎么解救？我不知道，但是……想想真是心疼……他都快要把心哭出来了……一个孩子。"

5

这次谈话发生一个月后，杰弗里生了一场重病。那时东风刮得非常猛烈，他也并不是一个特别强壮的孩子。医生摇了摇头，说病情非常不乐观。而对文波恩先生，他的话更为直白，他说孩子已经没什么希望了。"这个孩子活不长了，不论怎么努力。"他又补充道，"他患上严重的肺病已经好长一段时间了。"

看护杰弗里时,兰卡斯特夫人慢慢感觉到那个——另一个孩子的存在。最初,啜泣声和风声之间还不能清楚地区分开来,但是渐渐地那些哭声越来越清晰,越来越毋庸置疑。最后,她在死一般的寂静中也听到了:一个孩子的啜泣声——阴郁,无望,令人心碎。

杰弗里的病情越来越糟糕,在昏迷的时候,他还一遍又一遍对着那个"小男孩"说话。"我真的希望能帮助你离开,是真的希望!"他叫道。

昏迷结束后,他就进入了漫长的沉睡状态,杰弗里安静地躺着,呼吸沉重,似乎已经毫无知觉。除了等待和观察别无他法。然后又是一个平静的夜晚,空气清新而宁静,没有一丝风声。

忽然间,孩子惊醒了。他张开了眼睛,目光绕过他的妈妈向那扇打开的窗户望去。他试图说些什么,妈妈弯下腰来希望能捕捉到这气若游丝的只言片语。

"好的,我就来。"他低声说道,然后又陷入了昏迷。

他的妈妈突然感到一阵恐惧,她穿过屋子去找她的父亲。在他们身旁的某个地方有另一个孩子在大声笑着,笑得非常开心,无比满足。银铃般得意扬扬的笑声在屋子里回荡着。

"我很害怕,我感到很害怕。"她呻吟着。

他用手臂护着她。一阵突如其来的狂风使他们俩都吃了一惊,但是大风过后,留下的又是一如往常的宁静。

笑声停止了,一阵微弱的声响传了过来,它是如此微弱以至于几乎听不太见,但是声音越来越大,直到他们能清楚地分辨出来。那是脚步声——轻微的、迅速离开的脚步声。

啪嗒,啪嗒,它们跑开了——先是熟悉的、拖沓的、轻微的脚步声。但是——肯定没错——现在又有一个脚步声忽然加了进去，它走得是如此轻快迅捷。

它们步调一致地向门口走去。

向下，向下，向下，经过门口，关上门，啪嗒，啪嗒，那些看不见的孩子们一起往前走着。

兰卡斯特夫人情绪失控般地听着。

"它们是两个——两个！"

因为突如其来的恐惧，兰卡斯特夫人面如死灰，她转身朝放在角落里的儿童床看去，但是她的父亲温柔地阻止了她，并指着远方。

"在那里。"他直截了当地说。

啪嗒，啪嗒——声音越来越微弱。

最后，是无边的寂静。

无线电

1

"最重要的是,要尽量避免忧虑和兴奋。"梅内尔医生用医生惯用的口吻宽慰她。

哈特夫人,对这些人们用来抚慰他人却毫无意义的话语早已习以为常,因此,医生的话不仅没让她放松半分,反而使其平添了紧张之感。

"您的心脏功能有点衰弱。"医生继续流利地说道,"但是对此不必恐慌。我可以向您保证。"

"与此同时。"他补充道,"您最好安装一部升降梯。呃?您觉得怎么样?"

哈特夫人看上去忧心忡忡。

相反,梅内尔医生看起来相当轻松愉快。比起给穷人诊病,他更喜欢给有钱人诊病,因为在给有钱人看病开处方时,他能积极发挥自己活跃的想象力。

"是的,一部升降梯。"梅内尔医生说道,同时试图想象出一些别的、升得更快——也降得更快的东西。"这样一来,您就能避免所有过度的操劳了。在天朗气清的时候,您可以适当地做些锻炼,但是要避免诸如爬山这样的运动。而且最重要的是,"他愉快地补充说,"在精神上要尽量放松。不要为您的健康状况忧虑。"

在跟这位老太太的外甥查尔斯·里奇韦的交代中,医生就说得更详细了。

"请不要误会我,"他说道,"你舅妈还能活几年呢,真的有可能。但是刺激或是过度的劳累都可能使她命悬一线,就像这次一样!"他弹了弹手指,"她必须过一种非常平静的生活。不能操劳,不能劳累。但是,当然,她绝对不能忧思过度。她必须保持轻松愉悦,而且不能思虑过度。"

"不能思虑过度。"查尔斯·里奇韦若有所思地说道。

查尔斯是一个对事情考虑周到的年轻人。同样他也是一个不论在何种情况下,都坚信自己想法的年轻人。

就在那天晚上,他提议给他的舅妈安装一台无线电收音机。

哈特夫人,已经严词谢绝了安装升降梯的建议,对于侄子的想法,她当然也感到心绪不宁,极不情愿。但是查尔斯则兴致勃勃地极力说服她。

"我真的不喜欢这些新奇的玩意儿。"哈特夫人可怜兮兮地说道,"那些波,你知道——就是电波。它们会干扰到我。"

查尔斯用一种优越而温和的方式指出了她想法中的谬误。

哈特夫人,对于这些事物可谓一无所知,但她却是个固执己见的老太太,所以她仍旧对外甥的话持半信半疑的态度。

"所有这些电器。"她胆怯地嘟囔道,"你可以说你喜欢,但是有些人就是会受到电流的影响。我总是在电闪雷鸣的时候,头痛难忍。我知道它们的威力。"

她耀武扬威似的摇着头。

查尔斯是个很有耐心的年轻人,也很能坚持己见。

"我亲爱的玛丽舅妈。"他说道,"让我给您解释解释这些东西。"

他在这方面可以说是一位专家。他针对这个主题发表了一番演讲,讲得热情洋溢,说到了白炽灯丝电子管、微热灯丝电子管，高频率和低频率、倍率以及电容器。

哈特夫人，淹没在她完全不了解的语言海洋之中，只好屈服了。

"当然，查尔斯，"她嘟囔着，"如果你真的认为——"

"我亲爱的玛丽舅妈，"查尔斯热情洋溢地说，"这正是你需要的东西，能把你从百无聊赖中解救出来。"

按梅内尔医生要求安装的电梯很快就装好了，而这距离哈特夫人的死期也已不远。就像很多别的老年妇女一样，哈特太太对出现在自己房子里的陌生男人都有一种根深蒂固的抗拒感。她认为他们都是冲着她的钱财而来。

电梯安装好了以后，无线电收音机也很快就到了。哈特夫人不得不面对这个，对于她来说，令人讨厌的东西——一个巨大的、丑陋的盒子，上面布满了按钮。

查尔斯用满腔热情去说服她接受它。

查尔斯边得心应手地打开那些开关，边口若悬河地发表着他的演说。

哈特太太坐在她的高背椅上，耐心而有礼貌地听着，但在内心之中她仍然根深蒂固地坚信，新奇的事物不管怎样，都或多或少令人厌恶。

"听着，玛丽舅妈，我们现在在柏林，是不是棒极了？你听到那个家伙在说话吗？"

"除了一大堆嗡嗡声和滴答声，我什么也听不到。"哈特夫人说道。

查尔斯继续扭动按键。"布鲁塞尔。"他兴奋地说道。

"是吗？"哈特夫人有了一丝兴趣。

查尔斯继续扭动按键，一种怪异的嚎叫似的声音回荡在屋子里。

"现在我们好像在狗屋里。"哈特夫人说道,一副对新事物感兴趣的模样。

"哈,哈!"查尔斯笑道,"你也会开玩笑了,不是吗,玛丽舅妈?这真是太好了。"

哈特夫人忍不住对他笑了笑。她非常喜欢查尔斯。多年来,她的一个侄女,米里亚姆·哈特与她住在一起。她本打算将这位姑娘作为自己的继承人,但是米里亚姆却不争气。她缺乏耐心,并且对姑妈的社交感到厌烦。她经常外出,哈特夫人将之称为"四处闲逛"。最后,她跟一位她姑妈非常不满意的年轻小伙子订了婚。米里亚姆回到了她妈妈那里,就像是一件被人发现有瑕疵的货物被退货一样,她带着一封短信被退回了家。她跟那个不被看好的小伙子结了婚,哈特夫人经常会在圣诞节那样的节日里给她寄个手帕或是盒子什么的小礼物。

对侄女失望之后,哈特夫人把自己的注意力转向了外甥。最开始,查尔斯无权成为继承人。但他总是对自己的舅妈毕恭毕敬,当哈特夫人讲起自己年轻时候的事情时,他总是一副很感兴趣的样子。在这些方面,他跟米里亚姆完全相反,米里亚姆总是对这些事情感到厌烦,而且还会将这种厌烦表现出来。查尔斯却从来不会,他总是有一副好脾气,总是显得很快乐。一天当中,他会不断告诉他的舅妈,她是个多么完美、多么了不起的老太太。

对新选中的继承人感到相当满意之后,哈特夫人给自己的律师写信,告诉律师她要重新拟定一份新的遗嘱。遗嘱被寄还给她,而且得到了她的同意和签名。

而现在甚至在无线电的问题上,查尔斯也很快就证明自己获得这份新殊荣是理所应当的。

哈特夫人——一开始抱着敌对的态度——渐渐变得越来越容忍，最后竟然完全对此着迷了。每当查尔斯外出的时候，她听着无线电收音机，更觉得其乐无穷。麻烦的是，查尔斯总是要插上一脚。哈特夫人会舒舒服服地坐在自己的椅子里，愉快地收听交响音乐会，或是关于卢克蕾齐亚·波吉亚或者庞德·莱夫的演讲，她沉醉于那个世界之中，快乐而安宁。查尔斯却总忍不住要调台。当他热心地试图调到一个外国电台时，这种和谐就会被杂乱的尖叫声破坏。但是在查尔斯和他的朋友出去吃饭的夜晚，哈特夫人确实十分喜爱收听无线电收音机。她会打开两个按钮，坐在高背椅上，享受晚间节目。

无线电收音机装好的大约三个月后，发生了一件诡异恐怖的事情。那天查尔斯不在家，他参加一个婚礼宴会去了。

那天晚上的节目是一场民谣音乐会。一位著名的女高音歌唱家在演唱歌曲《安妮·劳瑞》。在这首歌唱到一半的时候，一件奇怪的事情发生了。歌声突然中断，过了一小会儿，出现了一连串的嗡嗡咔嗒声。接着这些嘈杂声消失了，变成死一般的寂静，然后传来一阵低沉的嗡嗡声。

哈特夫人的第一反应是，在她还不知道怎么回事的时候，那台机器的频道就被调到了某个非常遥远的地方，接着一个清晰可辨、略带爱尔兰口音的男人开始说话：

"玛丽——玛丽，你能听到我说话吗？我是帕特里克……我很快就能跟你见面了。你要准备好，玛丽，你知道吗？"

接着，说话声刚一停止，《安妮·劳瑞》的旋律就再次回荡在房间内，哈特夫人呆坐在椅子里，她的手紧紧抓住了椅子扶手。她刚才是在做梦吗？帕特里克！是帕特里克的声音！帕特里克的声音就在这间屋子里，对着她说话。不，这一定是梦，可能只是一场幻觉。刚才那一两分钟之内,她一定是昏睡过去了,而且还做了一个奇怪的梦——她的亡夫在天上对她说话。这让她有些害怕。他都说了些什么?

我很快就能跟你见面了。你要准备好,玛丽,你知道吗?

就是这些,它难道是一个预示吗?心脏衰弱。她的心脏。毕竟她已经患病多年。

"这是一个警告——是一个警告。"哈特夫人说道,她从椅子中缓慢地站了起来,并特意补充了一句,"所有的钱都浪费在这台电梯里了!"

她没有把这段经历告诉任何人,但是之后的一两天中,她一直在思考这件事,有点魂不守舍。

接着这样的情况又再次出现了。仍旧是她一个人在家。当时,那台无线电收音机正在播放一曲管弦乐的片段,仍像上次一样音乐突然中断。接着是一片寂静,带着遥远的感觉,最后是帕特里克那冷冰冰、毫无生气的声音——但是那声音很微弱,从远处传来,带着某种奇怪的不自然的质感。

我是帕特里克,玛丽,我很快就能跟你见面了……

接着是咔嗒和嗡嗡声,管弦乐再次奏响。

哈特夫人看了看钟,不,这次她没有睡着。头脑清醒,所有的官能都正常,她确实听到帕特里克的声音在说话。这不是幻觉,她对此很肯定。她模模糊糊地试图回想查尔斯给她解释过的以太电波的原理。

有没有可能是帕特里克真的在对她说话？他真实的声音穿越空间向她飘来？真的存在遗失的电波之类的东西吧。她记得查尔斯讲过"尺度的缝隙"。或许这种遗失的电波能够解释所有所谓的心理学现象？是的，这种观点从根本上讲不是不可能的。帕特里克对她说了话。他运用了现代技术为即将发生在她身上的事情做准备。

哈特夫人摇铃呼唤女仆伊丽莎白。

伊丽莎白是位六十来岁、高大瘦削的女人。在她坚毅的外表之下，暗藏着对于女主人的无限喜爱与温情。

"伊丽莎白，"当她忠诚的女仆出现之后，哈特夫人吩咐道，"你记得我对你说过的话吗？在我的衣柜左上方的抽屉里。所有的东西都准备好了。"

"准备好了什么，夫人？"

"为我的葬礼做的准备，"哈特夫人说道，"你很清楚我在说什么，伊丽莎白。是你亲自帮我把这些东西放在那里的。"

伊丽莎白的脸色变得很难看。

"噢！夫人。"她哭着说，"不要这样做，我觉得您比之前的情况好多了。"

"我们总有一天都要离去。"哈特夫人用很现实的口吻说道，"我已经七十多岁了，伊丽莎白。瞧瞧你，瞧瞧你，别再犯傻了。如果你一定要哭，就到别的地方哭去吧。"

伊丽莎白抽抽搭搭地退了下去。

哈特夫人饱含深情地望着伊丽莎白的背影。

"这个老傻瓜，但是忠心得很。"她说着，"非常忠心。让我想想，我是留给她一百镑还是五十镑？应该给她一百镑。她跟随我那么久了。"

这个念头一直缠绕着这位老妇人,第二天她就坐下来写信给律师,问他是否可以把遗嘱寄回给她,以便她可以再考虑考虑。就在同一天,查尔斯在吃午饭的时候说了一些让她大为惊愕的话。

"顺便问一句,玛丽舅妈,"他说道,"客房里的那个滑稽家伙是谁?我指的就是那张挂在壁炉架上的照片,那个留着络腮胡的家伙?"

哈特夫人严厉地看了他一眼。

"那是你帕特里克舅舅年轻时的照片。"她说道。

"噢,玛丽舅妈,我真是非常抱歉。我不该那么粗鲁无礼。"

哈特夫人严肃地点了点头,接受了他的道歉。

查尔斯继续含糊地说道:

"我只是纳闷。你知道——"

他有点迟疑地停住了,哈特夫人尖声说道:

"嗯?你想说什么?"

"没什么。"查尔斯赶紧说道,"我的意思是,没什么要紧的。"

一时间,老妇人没再说什么,但是那天以后,当他们再待在一起时,她再次谈到了这个话题。

"我希望你能告诉我,查尔斯,你为什么会问起你舅舅照片的事。"

查尔斯看上去相当尴尬。

"我告诉您,玛丽舅妈,那不是什么要紧的事,只是我的一个愚蠢的幻想罢了——非常荒谬无稽。"

"查尔斯,"哈特夫人极为专横地说道,"我一定要知道是什么原因。"

"那好,我亲爱的舅妈,如果您一定要知道的话,我想我是看见他了——那个照片上的男人，我的意思是——昨晚当我正准备上车的时候，我看到他从最后一扇窗户那里向外张望。我猜，这是晚上的光线作用。我想知道那究竟是谁，他的脸是如此——具有早期维多利亚时期的特征，如果你知道我什么意思的话。就在这时，伊丽莎白说那里什么人也没有，房子里既没有访客也没有陌生人。之后我恰巧在晚上走进了那间客房，发现壁炉架上有一张照片。就是那个男人！我想，之前的疑惑迎刃而解——潜意识或是类似的什么东西。我之前一定在无意识当中注意过这张照片，所以接着就在窗户上幻想出了那张脸。"

"最后一扇窗户？"哈特夫人尖叫道。

"是的，怎么了？"

"没什么。"哈特夫人说道。

但是她依旧大吃一惊。那间屋子曾是她丈夫的更衣室。

又是一个晚上，查尔斯还是不在家。哈特夫人焦虑不安地耐着性子收听无线电收音机。如果第三次听到这个神秘的声音，她就可以最终证明并且毫无疑问地相信，自己真的与另一个世界联系上了。

尽管她的心跳得很快，但当音乐再次中断之时，她一点儿都不感到惊奇，就如之前两次一样，在死一般的寂静之后，一个微弱的爱尔兰口音再次远远地传来。

"玛丽——现在你要有所准备了……星期五，我会来接你……星期五，九点半……不要感到害怕——不会有任何痛苦的……准备好……"

最后一个字音刚落，声音就消失了，管弦乐的乐声再次响起，喧闹而嘈杂。

哈特夫人呆坐了一两分钟。她脸色惨白，嘴唇青紫，不停地颤抖。

她很快站了起来,在写字桌旁坐下,颤巍巍地写下了如下内容:

今晚,在九点十五分,我清晰地听到了我亡夫的声音。他告诉我在星期五晚上九点半,他会来接我。如果我死在了那天的那个时段,我希望将之公布于众,以此来证实跟灵魂世界沟通的可能性。

玛丽·哈特

哈特夫人念了一遍自己所写的内容,并把它装进了信封,填上了地址。接着她摇了摇铃,伊丽莎白几乎立马回应了。哈特夫人从写字桌旁站了起来,把这封短信交给了这位老女仆。

"伊丽莎白。"她说道,"如果我死于周五晚上的话,我希望这封短信能够交到梅内尔医生那里。不"——当伊丽莎白预备反对之时——"不要跟我争论。你经常告诉我要相信预感,我现在就有种预感。还有一件事情。我在遗嘱里给你留了五十英镑,但我希望你可以得到一百英镑。如果在死去之前我不能亲自去银行办理的话,查尔斯先生会替我去办。"

一如往日,哈特夫人打断了伊丽莎白的含泪反对。为了确保履行她的承诺,这位老妇人在第二天早晨向外甥谈及了此事。

"记住,查尔斯,不管在我身上发生了什么事,伊丽莎白都要得到她那额外的五十英镑。"

"这些日子,您的脸色非常不好,玛丽舅妈。"查尔斯由衷地问道,"发生了什么事?据梅内尔医生说,我们大概在二十年后还要庆祝您的百岁寿辰呢!"

哈特夫人用温柔亲切的笑容看着他,但是没有接话。一两分钟之后她说:

"周五晚上你要做什么呢,查尔斯?"

查尔斯看起来微微有些吃惊。

"说实话,尤因夫妇邀请我去他们家里玩桥牌,但是如果你想要我待在家的话——"

"不。"哈特夫人坚决地拒绝说,"当然不要。我的意思是,查尔斯,那天的整个晚上我都希望独自待着。"

查尔斯疑惑地看着她,但是哈特夫人没有再透露什么更具体的信息。她是一个极富勇气、性格坚毅的老太太。她感觉她必须孤身完成这一古怪的旅程。

星期五晚上,这座房子安静极了。哈特夫人一如往常地坐在火炉边的高背椅上。她做好了一切准备。那天早晨,她去了银行,取出了五十英镑,然后交给了伊丽莎白,丝毫不顾后者流着泪的反对。她收拾和安排好了所有的私人物品,将一两件珠宝贴好标签,上面写有要赠予的朋友和亲属的名字。她还给查尔斯列了一张指示清单:伍斯特产的茶具留给表妹爱玛,赛尔夫罐子留给小威廉……

现在,她看着那个握在自己手中的长信封,并从中抽出了一份折好的文件。这份文件是她的遗嘱,是霍普金森先生根据她的指示寄过来的。她之前已经认真审阅过,但是现在她又仔细读了一遍,核对了一下。这份简洁清晰的文件中有一张五十英镑的支票留给伊丽莎白·马歇尔,为了回报她多年忠诚的服务;还有两张五百英镑的支票,留给她的一个姐姐和她最大的外甥,剩下的部分就都属于她挚爱的外甥查尔斯·里奇韦。

哈特夫人点了好几次头。查尔斯在她死后会变成一个富有的年轻人。嗯，对于她来说，查尔斯的确是个非常不错的孩子。他一直都很善良，一直都充满热情，还有一张总能逗她高兴的甜嘴。

她看了看钟，还有三分钟到九点半。好的，她准备好了。她非常平静——极其平静。尽管她一直对自己重复说着那几个字，不过心还是奇怪地突突跳着。她几乎没有察觉到，但是紧绷的神经说明此时她已经紧张过度。

九点半到了，她打开了无线电收音机。她会听到什么呢？一个预报天气的熟悉声音，还是一个已经死去二十五年的男人的邈远声音？

但是她两者都没听到。这次传来的是一个熟悉的声音，一个她十分熟悉但是今晚却让她觉得好像被一只冷冰冰的手压在心脏上的声音。门外传来了一阵窸窸窣窣声……

它又来了。接着一阵寒风席卷了整个屋子。哈特夫人现在已经完全确信自己的感觉。她感到害怕……她不仅仅是害怕——她甚至感到恐惧……

她突然想起来了：二十五年是一段漫长的时间，帕特里克现在对我来说只是一个陌生人。

恐怖！这就是现在侵袭她的感觉。

门外传来一阵轻柔的脚步声——轻柔的、迟疑的脚步声。接着门晃了晃，被静静地推开了。

哈特夫人摇摇晃晃地站起来，蹒跚着挪动脚步，她的眼睛紧盯着门口。不知什么东西从她的指尖滑了出去，飘向大门。

她从喉咙里发出一声死亡的尖叫。在门口昏暗的光线里站着一个熟悉的影子，他留有络腮胡，还穿着维多利亚时期的古旧衣服。

帕特里克来接她了!

她的心脏猛然一跳,接着就停止了。她滑落在地,缩成了一团。

2

一个小时以后,伊丽莎白在门口发现了她。

梅内尔医生立即被召唤了过来,查尔斯·里奇韦也从他的桥牌聚会上被匆忙地喊了回来。但是已经无力回天。哈特夫人没有受什么痛苦就死去了。

直到两天后,伊丽莎白才想起了女主人交给她的短信。梅内尔医生带着极大的兴趣阅读了它,并把它拿给查尔斯·里奇韦看。

"非常奇怪的巧合,"他说道,"看起来你舅妈对她死去丈夫的声音产生了幻觉。她一定是兴奋过度了,这种兴奋是致命的,当那个时刻真正到来时,她因受到刺激而死亡。"

"自我——暗示?"查尔斯说道。

"大概就是这类东西。我会让你尽可能快地知道尸检结果,但是我对这一结论毫不怀疑。"在这种情况下,进行尸检是必要的,尽管那只是一种纯粹的形式。

查尔斯表示理解,点了点头。

第二天晚上,当全家人都上床睡觉了以后,他从无线电收音机的机壳里扭下了一些电线,拿到他卧室的地板上。同时,由于这天晚上异常寒冷,他吩咐了伊丽莎白在他的房间里生火取暖,他把栗色的胡须扔到火炉里烧掉了。一些属于他已故舅舅的维多利亚式的老旧衣服则被他放回了充溢着樟脑味的阁楼上。

就目前的情况来看，他非常安全。当梅内尔医生告知他，如果照顾得当，他的舅妈或许能活好多年时，他的计划就模模糊糊地浮现在他的脑海中，如今这个计划完美地实现了。梅内尔医生说过这是因为受到了一个突然的刺激。查尔斯——那个温柔亲切的年轻人，深得老太太们的欢心——不由得私下里窃笑起来。

医生告辞以后，查尔斯开始着手他的分内工作。一些葬礼安排已经最终确定。亲属们会乘车从各地赶来，要对他们抱有警惕之心。或许有那么一两个亲属还会留下来过夜。查尔斯高效且井然有序地将这些事情安排妥当，这与他脑海中的构思毫无二致。

干得真漂亮！那是他们的义务。没有人，尤其是他死去的舅妈，会知道查尔斯所处的危险困境。他的那些会令其锒铛入狱的行为，已经被小心地隐藏了起来。

阴谋暴露或者彻底破产都近在眼前，除非他能在短时间内搞到一大笔钱，真好——现在全部都解决了。查尔斯窃笑着，应该感谢这个计划——是的，可以将之称为一个实用的玩笑——这其中没有任何犯法行为——他得救了。现在他是一个非常有钱的人。他丝毫不必为此担心，因为哈特夫人从来不隐藏自己的想法。

想什么来什么，这时伊丽莎白从门口探头进来，告诉他霍普金森先生来了，想要见见他。

该是时候了，查尔斯想。他压制住想吹口哨的欲望，把神采飞扬的脸转换成更适宜当下氛围的肃穆神情，准备去书房见客。在书房里，他招待了这位严谨的老绅士，对方身为法律顾问已经为哈特夫人服务超过四分之一个世纪之久。

这位律师应查尔斯之请，坐了下来，干咳了一声，开始着手他的工作。

"我不太明白你写给我的信,里奇韦先生,你好像认为,已故的哈特夫人的遗嘱保管在我们手里?"

查尔斯紧盯着他。

"但是,可以肯定——我确实听我舅妈说遗嘱在您那里。"

"噢!确实是这样,是这样。它曾经一度由我们保管。"

"曾经?"

"这就是我要说的。哈特夫人给我们写信,要求我们在上星期二把遗嘱转寄给她。"

一种不安之感逼近了查尔斯。他产生了一种渺远的不祥的预感。

"毫无疑问,我们肯定能在她的文件里把它找出来。"律师继续平静地说道。

查尔斯什么也没说。他不敢相信对方的话。他已经彻底地把哈特夫人的各种文件都整理了一遍,他十分肯定,那里面没有任何遗嘱。一两分钟后,重新控制好自己的情绪,他把这一情况告知了律师。他的声音对于自己来说是那样的不真实,就像冰凉的水滴落在他的脊背上一样。

"有没有人整理过她的个人财产?"律师问道。

查尔斯说哈特夫人的女仆,伊丽莎白,曾经整理过。按照霍普金森先生建议,伊丽莎白被召唤了进来。她立马来了,神情严肃,身子笔直,回答了所有提出的问题。

她已经整理过女主人的所有衣物和个人物品。她非常肯定那里没有任何类似遗嘱的法律文件。她知道遗嘱是什么样的——女主人在她去世的那天早晨,手里曾经拿着它。

"你能肯定吗?"律师敏锐地问道。

"是的,先生。她是这样告诉我的,她还给了我一张五十英镑的支票。那份遗嘱就在一个长长的蓝色信封里。"

"很好。"霍普金森先生说道。

"现在我想起来了。"伊丽莎白继续说道,"第二天早晨,餐桌上有一个一模一样的蓝色信封,但里面是空的。我把它放到桌子上了。"

"我记得我看到过它。"查尔斯说道。

他站了起来,向桌子走去。一两分钟之后,他手里拿着一个信封回来,并把信封递给了霍普金森先生。后者检查之后,点了点头。

"这就是上个星期二我用来装遗嘱的那个信封。"

两个男人都用严肃的目光审视着伊丽莎白。

"先生,还有别的要问吗?"她谦恭地问道。

"暂时没有了,谢谢你。"

伊丽莎白向门口走去。

"等等。"律师说道,"这个壁炉昨晚生过火吗?"

"是的,先生,这里一直生着火。"

"谢谢,那就是了。"

伊丽莎白撤了出去。查尔斯身子前倾,放在桌子上的手不住地颤抖。

"你怎么想的?得出什么结论了吗?"

霍普金森先生摇了摇头。

"我们必须静待遗嘱重新出现。如果,它不是——"

"什么,如果不是什么?"

"我恐怕只有一种可能的结论。你的舅妈让我寄回遗嘱就是为了毁掉它。不要担心伊丽莎白会因此受什么损失,她已经通过现金形式把一部分遗产留给了伊丽莎白。"

"但是为什么?"查尔斯狂叫道,"为什么?"

霍普金森先生干咳了一下。

"你是不是……呃……跟你的舅妈处得不好,里奇韦先生?"他低声问道。

查尔斯倒吸了一口气。

"没有,真的没有。"他激烈地大叫起来,"我们之间的关系一直都最和睦,最温情,一直都是。"

"噢!"霍普金森先生说道,没有看他。

让查尔斯颇为惊讶的是律师先生似乎并不相信他。谁知道这个干瘪的老家伙有没有听说什么呢?关于查尔斯行为的谣言一定也传到了他耳中。律师当然有理由认为,这些谣言也传到了哈特夫人耳朵里,舅妈和外甥在这个问题上肯定曾爆发过激烈的争吵。

但情况不是这样!查尔斯尝到了他一生中最痛苦难熬的滋味。他的谎言被当真了。就算现在他说的是真话,也没有人会相信他。这真是莫大的讽刺!

当然,他的舅妈从来没有焚毁过遗嘱!当然——他的思绪突然停滞,在他眼前浮现出了什么样的画面?一位老太太用手紧紧捂住胸口……有什么东西滑落了……一张纸……掉落在炽热的余烬中……

查尔斯的脸色变得铁青。他听到了一个沙哑的声音——他自己的——问道:

"如果那份遗嘱永远找不到的话——"

"哈特夫人之前立的遗嘱仍然有效。日期是一九二〇年九月。这份遗嘱中,哈特夫人将所有的遗产都留给她的侄女,米里亚姆·哈特,也就是现在的米里亚姆·罗宾逊。"

那个老笨蛋在说什么啊？米里亚姆？米里亚姆和她那平凡无奇的丈夫，还有她的四个哭哭啼啼的小孩儿。他所有的聪明用心——都是为了米里亚姆！

他胳膊肘下的电话尖锐地响了起来。他拿起话筒接听，是医生的声音，热心又友善。

"是里奇韦先生吗？我想这是你希望知道的，验尸结果出来了，死因和我推测的一样。但是事实上，哈特夫人活着时的心脏问题比我之前预期的更加严重。即使得到最好的照料，她也最多活不过两个月。我想你应该希望知道，这或多或少能安慰你。"

"不好意思，"查尔斯说道，"你介意再说一遍吗？"

"她最多活不过两个月了。"医生提高音调说，"我们已经尽力了，你知道，我亲爱的老兄——"

但是查尔斯砰的一声把话筒放了回去。他仿佛听到了律师从远处传来的声音。

"哎呀，里奇韦先生，您不舒服吗？"

都他妈的去死！那个一脸得意的律师，那个令人厌恶的老傻瓜梅内尔。在他面前，什么希望都没了——只有监狱高墙的影子……

他感到有人在戏弄他——就像猫戏弄耗子一样。有人一定在背后哈哈大笑……

控方证人

1

梅亨先生扶正了自己的夹鼻眼镜，并用他那特有的略带干涩的咳嗽清了清嗓子。接着，他又看了看坐在对面的那个男人，对方被控犯有故意杀人罪。

梅亨先生是个小个子，行事严谨，衣着整洁，装扮毫不浮夸华丽，有一双机敏而富有穿透力的灰色眼眸。不管怎么看他都不是一个蠢人。而且确切来说，作为一名律师，梅亨先生具有极高的声望。他在对委托人说话时，声音听起来干巴巴的，但绝非不带感情。

"我必须再次提醒你，你现在处于非常严重的危局中，因而必须绝对坦诚。"

伦纳德·沃尔，之前一直茫然无措地盯着他面前的空白墙壁，忽然掉转目光望向了律师。

"我知道，"他绝望地说道，"您一直是这么告诉我的。但是我似乎还没回过神来，我被指控谋杀——谋杀。那么残忍的罪行。"

梅亨先生是个理智的人，不会感情用事。他又咳嗽了一声，摘下了夹鼻眼镜，仔细地擦拭后，又重新戴回鼻梁。接着，他说道：

"是，是，是。现在，我亲爱的沃尔先生，我们要竭尽全力使你摆脱罪名——而且我们会成功——我们会成功。但是我必须了解所有的事实，我必须知道这个案件对你的不利程度有多大，然后我们才能设置最坚固的防线。"

这个年轻人依旧用刚才那种茫然无措的绝望眼神看着他。对于梅亨先生来说,这个案子简直糟糕透了,而且嫌犯的罪名多半会成立。但是现在,第一次,他感到有点怀疑。

"你觉得我有罪。"伦纳德·沃尔用低沉的声音说道,"但是,上帝啊,我发誓我没罪!我看起来倒霉透顶,我知道。我就像一个被网困住的人——所有的网眼都紧紧地绑住我,让我无路可逃。但是我确实没有杀人,梅亨先生,我真的没有杀人!"

身处如此状况之中,谁都会为自己的清白辩护。梅亨先生深知这一点。但是,即便如此,他还是有点被触动了。毕竟,伦纳德·沃尔可能是无罪的。

"你说得对,沃尔先生。"他郑重其事地说,"这件案子对你来说简直是倒霉透了。不管怎样,我接受你的誓言。现在,让我们说说事实吧。我想要你准确地告诉我,你是怎么与艾米丽·弗伦奇小姐结识的?"

"是这样,有一天在牛津大街上,我看到一位年老的女士正在过马路。她手里拿着许多包裹。走到大街中央时,包裹掉了下来,她试图去捡,就在这时,一辆巴士朝她开来,她又想要安全地走到路对面,但是路边的人对她一阵嚷嚷,弄得她头晕目眩、茫然无措。我帮她包好了那些包裹,尽可能地拍干净上面的尘土,扎好绳子,并递回她的手里。"

"那么毫无疑问,是你救了她?"

"噢!天哪,不。我所做的不过是常见的礼节性行为。她对此非常感激,热情地感谢了我,并且说我的行为不像现今大多数的年轻一代——确切的话我记不清了。接着我戴好帽子就走了。我从来没想过还能再见到她,但生活就是充满了种种巧合。就在同一天晚上,我在一个朋友家里举办的聚会上又遇见了她。她立马认出了我,并且央求主人把我介绍给她。接着,我就得知她是艾米丽·弗伦奇小姐,住在克里克伍德。我跟她聊了一会儿。我想,她是那种爱对他人展开各种突如其来的疯狂幻想的老妇人。就因为这样一次举手之劳,让她对我产生了某种幻想。离别的时候,她热情地跟我握手,并邀请我去她家拜访。我当然应允,表示乐意之至,她催促我定下一个确切的日子。我没想过要真的前往,但是直接拒绝又有点粗暴无礼,于是我将拜访之日定在了下周六。她离开之后,我从朋友那里了解了一些她的情况。她很富有,是个怪人,独居,有一位女佣,而且养了至少八只猫。"

"我明白了,"梅亨先生说道,"你这么快就知道她很富有了?"

"如果你是指我有意打听——"伦纳德·沃尔激动起来,但是梅亨先生用手势示意他冷静。

"我不得不从另一个角度来看这桩案件。一个普通人不会想到弗伦奇小姐是一位富有的老女人。他们会觉得她生活贫困,身份卑微。除非你得知了相反的消息,否则你必定会认为她是一个穷苦人——起初大家都会这么想。到底是谁告诉你她很有钱?"

"我的朋友,乔治·哈维,就是在他的房子里办的聚会。"

"他还有可能记得自己曾说过这样的话吗?"

"我真的不知道。当然,这件事有一段时间了。"

"确实如此,沃尔先生。你看,控方的首要目标就是确信你处于财务危机之中——这是真的,不是吗?"

伦纳德·沃尔的脸"唰"的红了。

"是的,"他低声说道,"就在那时,我的财务出现了严重的问题。"

"的确。"梅亨先生再次说道,"正如我所说,在财务出现危机时,你遇到了这位富有的老夫人,开始频繁与她往来。现在假设我们相信,你并不知道她很有钱,你拜访她只是出于好心——"

"就是这样。"

"我敢说,我不反对这种说法。我试着用旁观者的角度来看待它。很多事情都取决于哈维先生的记忆。他是否还记得那一次谈话?他是否会被公诉律师弄得晕头转向,而相信那次谈话是后来才发生的?"

伦纳德·沃尔几分钟后才回过神来。接着他的脸色变得更加苍白,他坚定地说:

"我不认为这条防线会成功,梅亨先生。当时现场有人听到了他说的话,还有一两个人打趣说我被一个富有的老女人看上了。"

律师摆了摆手,竭力掩藏自己的失望之情。

"非常不幸,"他说道,"但是我赞赏你的坦诚,沃尔先生。我需要你来引导我。你的判断相当正确。但是拘泥于刚才我谈到的那一点只会大有害处。我们要抛开这个观点。你认识了弗伦奇小姐,拜访了她,开始了你们之间的交往。我们需要的是这一切事情发生的确切原因。为什么你,一个三十三岁的年轻人,外貌英俊,热衷运动,在朋友之中大受欢迎,会对一个在普通人看来几乎从她身上得不到任何回报的老女人身上投入如此多的时间?"

伦纳德·沃尔的双手不安地扭动着。

"我没法说——我真的没法说。自从第一次拜访之后,她央求我再来,向我诉说了自己的孤独和不快乐。她这么做让我很难拒绝。她如此明显地向我表达自己的恋慕和喜爱之情,这让我处于一种尴尬的境地。你知道，梅亨先生，我天生就有这样的弱点——我会犹豫不决——我是那种不会说'不'的人。而且不管你相不相信，拜访她三四次后，我发现自己渐渐有点喜欢上了这位老夫人。在我很小的时候，我妈妈就去世了，姨妈抚养我长大，但在我十五岁之前她也去世了。如果我告诉你，我渐渐开始享受那种被溺爱、被纵容的感觉，我敢说你肯定会笑话我。"

梅亨先生没有嘲笑他。相反，他再次摘下了自己的夹鼻眼镜，擦了擦。他开始沉思的时候，就会习惯做这个动作。

"我接受你的解释，沃尔先生，"他最后说道，"我相信，这可能出于心理上的动因。陪审团是否接纳这个观点，那是另一码事。请继续你的故事。从什么时候起，弗伦奇小姐开始让你帮她打理商业事务？"

"大概是在我去拜访她三四次以后。她说自己对金钱上的事务知之甚少，而且她还担心自己的某些投资。"

梅亨先生目光锐利地盯着他。

"要仔细想好，沃尔先生。那位女仆，珍妮特·麦肯齐，宣称她的女主人是位商业好手，她完全有能力处理自己的个人事务，而且，根据她的银行经理的证言，她天生就具备这样的能力。"

"我也不知道怎么回事，"沃尔先生诚挚地说，"是她自己这么告诉我的。"

梅亨先生静静地观察了他一两分钟。尽管没有意识到，但是此刻他更加深信伦纳德·沃尔先生是清白的。他明白那些老女人的某些心理。弗伦奇小姐深深迷恋着这位英俊的小伙子，想方设法要带他回家。那么，她为什么不可以装作自己对商务一无所知，央求他帮助自己理财？她完全可能是这样一种女人，她知道只要对他的过人之处加以肯定,那么任何男人都会感到受宠若惊。伦纳德·沃尔就是被她捧上了天。也有可能,她并不避讳让这位年轻人知晓自己很富有。艾米丽·弗伦奇是一个意志坚定的老女人,对于自己想要的东西愿意付出代价。这些念头飞速地闪过梅亨的脑海,但是他没有表现出来,相反他问了一个更加深入的问题。

"你答应她让你帮忙处理事务的要求了?"

"是的。"

"沃尔先生,"律师说道,"我要问你一个非常严肃的问题,对于这个问题,我希望得到一个真实的回答。你正面临财务危机,而你又掌控了一位老小姐的商业事务——一位据她自己所言,对商务知之甚少的老小姐。你有没有在什么时候,或以什么方式,将所掌握的资金中饱私囊?你有没有为了自己的利益,参与过什么见不得人的勾当?"他阻止了对方的回答,"在你回答之前再好好想想。有两条路摆在我们面前。其中一条是我们认为你在处理她的商业事务时是正直诚实的,只要指出,你原本能如此轻而易举地占有这些财产,那么还要杀人就显得很多余。但是,另一方面,如果你的某些行为被控方掌握了的话——如果,从最坏的角度考虑,那些情况正好得以证明,无论如何你都欺骗了这位老小姐,那么我们必须守住的防线是你没有谋杀动机,因为她已经成为你的利益来源。你揣摩一下这两者之间的区别。现在,我请求你,在回答之前先好好想想。"

但是,伦纳德·沃尔根本就是不假思索。

"我在打理弗伦奇小姐的事务上,完全无可指摘,正大光明。我竭尽所能地为她谋利,这一点任何知道这件事的人都能看出来。"

"谢谢。"梅亨先生说,"你使我松了一口气。我赞赏你,我相信你足够聪明,不会在这个重要的问题上欺骗我。"

"当然了,"沃尔急切地说,"我最有力的辩解就是缺乏动机。如果说我故意跟一位富有的老小姐来往是为了谋取她的财富的话——那么,我想这就是你一直在探讨的本质问题——她的死亡必定会挫败我所有的希望。"

律师目光坚定地看着他。接着,他下意识不慌不忙地来回擦了好几遍眼镜,直到将夹鼻眼镜重新牢牢地戴在鼻梁上,才说道:

"你不知道吗,沃尔先生,弗伦奇小姐立了一份遗嘱,把你列为她的遗产的最大受益人。"

"什么?"这位嫌犯惊得跳了起来。他的惊慌是如此明显,不加掩饰,"我的天哪!你在说什么?她把钱留给了我?"

梅亨先生缓慢地点点头。沃尔又坐了下来,把头埋进了手掌里。

"你在假装自己对这份遗嘱一无所知吗?"

"假装?有什么好装的。我真的什么都不知道。"

"如果我告诉你,那位女仆——珍妮特·麦肯齐发誓说你知晓这份遗嘱呢?她的女主人清楚地告诉她,她与你在这个问题上交换过意见,还把自己的打算告诉了你。"

"是吗?那个女人在说谎!不,我结论下得太快了。珍妮特是一个老女人。她对待自己的女主人就像一条忠诚的看门狗一样,而且她不怎么喜欢我。她是个善妒又多疑的女人。我觉得弗伦奇小姐告诉过珍妮特自己的打算,珍妮特要么是误解了她所说的话,要么就确信是我强迫那位老小姐这么做的。我敢说她现在深信弗伦奇小姐确实这样告诉过她。"

"你不觉得,她因为非常讨厌你,所以才在这个问题上撒谎吗?"

伦纳德·沃尔似乎吃了一惊,且深受打击。

"不,真的!她为什么要这么做?"

"我不知道,"梅亨先生若有所思地说道,"但是她确实非常怨恨你。"

这位可怜的年轻人再次呻吟了一声。

"我开始明白了,"他喃喃自语道,"真可怕。他们都会说,我是有意奉承她,迫使她立下遗嘱把钱都留给了我,接着那天晚上我去了那儿,房子里没有其他人——他们第二天发现了她——噢!天哪,这真是太可怕了!"

"你说房子里没有人,是弄错了,"梅亨先生说道,"事实上,珍妮特——你记得她在那天晚上出门了——确实不在,但是九点半左右她又回来取衬衫袖子的模板,那是她答应要送给一位朋友的。她从后门进来,上了楼梯,取走了模板,然后再次离开。她听到起居室里传来了说话的声音,虽然她没法分辨他们交谈的内容,但是她能肯定其中一个声音是弗伦奇小姐的,而另一个是一个男人的。"

"九点半,"伦纳德·沃尔先生说道,"九点半……"他跳了起来,"现在我有救了——有救了——"

"你什么意思,有救了?"梅亨先生惊叫道。

"九点半的时候我已经回家了!我的妻子能够做证。大约在九点零五分我向弗伦奇小姐告辞。我到家时大约是九点二十。我的妻子在家里等我。噢!感谢上帝——感谢上帝!感谢珍妮特·麦肯齐衬衫袖子的模板。"

在激动万分之时,他几乎没有注意到律师脸上毫无改变的严肃表情。但是随后律师的话又给他当头一盆冷水。

"那么,依你看来,谁谋杀了弗伦奇小姐?"

"那还用说,就跟最初想的那样,当然是入室的盗贼干的。你还记得窗户是被强行撬开的吧。她因被撬棍重击而死,撬棍就落在地板上的尸体旁。而且好几样东西都不见了。但是因为珍妮特对我荒唐的怀疑和厌恶,警察们将永远找不到正确的线索。"

"那很难解释,沃尔先生,"律师说道,"丢失的东西都是些没有什么价值的零碎,就像一个瞎子胡乱拿了一气。而且窗户上的痕迹也并不那么有说服力。此外,你再好好想想。你说你在九点半的时候已经离开了那里。那么,那个珍妮特听到的跟弗伦奇小姐在起居室里谈话的男人是谁?难道她会跟一个盗贼进行友好的交谈吗?"

"不会。"沃尔说,"不会——"他看起来既茫然又丧气。"但是不管怎么说,"他重新振奋起精神,补充道,"肯定不是我。我有不在场证明。你一定要见见罗曼——我的妻子——立刻。"

"好的,"律师应允了,"我早就该见见沃尔夫人了,但是你被捕的时候,她正好不在场。我马上给苏格兰场发电报,我想她今晚就会回来了。我离开这里后,马上就去拜访她。"

沃尔点了点头,满足的表情使得他整张脸都放松了下来。

"是的,罗曼会告诉你的。我的上帝!那是一个多么幸运的机会啊。"

"对不起,沃尔先生,你是否深爱你的妻子?"

"当然了。"

"那么她对你呢?"

"罗曼对我全心全意。她会为我做这世上的任何事情。"

他热情洋溢地说着,但是律师的心却有点低沉。一个奉献自我的妻子的证词——那会有可信度吗？

"还有没有其他人看到你在九点二十的时候回的家？例如，一个仆人什么的？"

"我们没有仆人。"

"在回家的路上你有没有在街上遇到什么人？"

"没有遇到我认识的人。有一段路我乘坐了巴士，没准儿售票员会记得。"

梅亨先生怀疑地摇了摇头。

"那么，就是没有人，能证明你妻子的证词？"

"没有，但是这没有必要，不是吗？"

"我不敢说，我不敢说。"梅亨先生连忙说道，"现在还有一件事。弗伦奇小姐知道你已婚了吗？"

"噢，是的。"

"但是你从来没有带你的妻子去见她。这是为什么？"

伦纳德·沃尔的回答变得犹犹豫豫，很不自然。

"嗯——我不知道。"

"你知不知道珍妮特·麦肯齐说自己的女主人相信你是个单身汉，并且，还打算有朝一日跟你结婚呢？"

沃尔笑了起来。

"真是荒谬！我们两人在年龄上相差四十岁呢。"

"但是已经发生了。"律师冷冷地说道，"有事实证明，你的妻子从来没有见过弗伦奇小姐。"

"没有——"又是极不自然的回答。

"请允许我说，"律师说道，"在这件事上我很难理解你的态度。"

沃尔的脸红了，犹豫了一下，接着说道：

"坦白来讲,我很缺钱,你知道。我希望弗伦奇小姐能够借我一些钱。她喜欢我,但是对于一对年轻的奋斗中的小夫妻没有什么兴趣。我发现她理所当然地认为我和我妻子不会长久——觉得我们迟早会分开,梅亨先生——我需要钱——为了罗曼。我什么也没说,就让这位老女士自己做决定。她说她把我当作自己的养子。她从未说过任何关于结婚的话——这一定是珍妮特的臆想。"

"就这么多?"

"是的——就这么多。"

在这些话语中是否有一丝犹豫的影子?律师这么想着。他站起来伸出手。

"再见,沃尔先生。"他看了看那张憔悴、年轻的脸庞,带着一股不寻常的冲动说道,"我相信你是无辜的,虽然大部分事实都对你不利。我希望可以证实它们,并且完全洗脱你的嫌疑。"

沃尔对他回以微笑。

"你会发现我的不在场证明是真实的。"他欢欣雀跃地说道。

他又一次没有注意到对方没做任何回应。

"整件事在很大程度上取决于珍妮特·麦肯齐的证言。"梅亨先生说道,"她恨你。这再清楚不过了。"

"她不应该那么恨我。"这位年轻人抗议道。

律师摇了摇头,走了出去。

"现在我要去见见沃尔夫人。"他对自己说道。

他对事情的发展感到深深的不安。

沃尔夫妇住在一间狭小、寒酸的房子里,邻近帕丁顿格林。这就是梅亨先生要去的地方。

按响门铃后,一位身形粗壮、邋遢的女人——很明显她是打杂的女佣——来开了门。

"沃尔夫人在吗？她回来了没有？"

"一个小时之前就回来了。但是我不知道她会不会见你。"

"如果你把这张名片转交给她，"梅亨先生平静地说道，"我能肯定她会见我的。"

这个女人充满疑惑地看着他，在围裙上擦了擦手，接过了名片。然后她关上了门，把律师留在了门外的台阶上。

然而几分钟后，她稍微改变了态度返身回来。

"进来吧，请进。"

她把他引入一间狭小的客厅里。梅亨先生，正琢磨着挂在墙上的一幅画，忽然间被一位身材高挑、面色苍白的女士给吓了一跳，她进屋的时候是如此安静，以至于他几乎没有听到任何声响。

"是梅亨先生吗？你是我丈夫的律师，对吗？你去见过他了？能请你坐下说吗？"

直到她开口说话，他才意识到她不是英国人。现在，因为走近了些，他注意到了她高高的颧骨，浓密的蓝黑色头发，以及会偶尔轻微抖动的双手，这明显是外国人的风格。一位奇怪的女人，非常冷静，冷静到使人感到不安。从一开始见到她，梅亨先生就意识到他将面临一些他所不能理解的东西。

"现在，亲爱的沃尔夫人，"他开口说道，"你一定不能放弃——"

他停住了。沃尔夫人明显看起来一丁点儿想要放弃的意图都没有。她看起来非常冷静，而且沉着。

"你能告诉我所有的情况吗？"她说道，"我必须知道所有的事情。不要想着抚慰我。我想要知道最坏的情况。"她迟疑了一下,接着声音更为低沉,并用一种律师也无法理解的奇怪的强调语气,反复说道,"我想知道最坏的情况。"

梅亨先生将他和伦纳德会面时的情况都一一告诉了她。她全神贯注地听着,不时点点头。

"我知道,"当律师讲完之后,她说道,"他希望我说他是在那天晚上九点二十回的家。"

"他不是在那个时候回的家吗?"梅亨先生敏锐地问道。

"那不重要,"她冷酷地说道,"我的说辞能使他脱罪吗?他们会相信我吗?"

梅亨先生吃了一惊。她迅速地抓住了这件事的关键。

"那就是我想要知道的。"她说道,"光这么说足够吗?有没有其他人可以支持我的证据?"

她的言行中暗藏着一种急切的热望,这使得律师先生感到轻微的不安。

"目前为止,还没有人。"他不情愿地回应道。

"我知道了。"罗曼·沃尔说道。

她静静地坐了一两分钟。一丝浅浅的微笑浮上了她的嘴唇。

律师惊慌的感觉越来越强烈。

"沃尔夫人——"他开口说道,"我知道你肯定觉得——"

"是吗?"她说道,"我怀疑。"

"在此种情况下——"

"在此种情况下——我只能孤军奋战了。"

他惊愕地看着她。

"但是,亲爱的沃尔夫人——你紧张过度了。你对你的丈夫如此忠诚——"

"你能再说一遍吗?"

她尖锐的嗓音使律师先生大为吃惊。他犹豫着重复了刚才的话：

"你对你的丈夫如此忠诚——"

罗曼·沃尔缓慢地点点头，又是同样的一丝奇怪的笑容浮上了嘴唇。

"是他告诉你我全身心为他奉献吗？"她温柔地问道，"噢！是的，我能理解他为什么这么说。男人是多么愚蠢啊！愚蠢——愚蠢——愚蠢——"

她突然跳了起来。律师在那种气氛下所能意识到的所有激情都集中到了她的音调上。

"我恨他，我告诉你！我恨他，我恨他，我恨他！我更乐意看到他被勒住脖子，直到被吊死。"

律师在她面前不禁向后缩了缩，她的眼中满是郁积的怒火。

她上前一步，继续激动地说道：

"或许我能看到这一天的到来。如果我跟你说，那天晚上他并没有在九点二十到家，而是十点十分回的家呢？你说他告诉你，他对那笔即将到手的钱财一无所知。如果我告诉你他其实全都知道，他指望着这笔钱，并且为了得到这笔钱杀了人呢？假如我告诉你那天晚上他进门时，他向我和盘托出了一切呢？而且，他的衣服上还沾有血迹。那么又会怎样呢？如果我出庭把这些都说出去？"

她的眼神似乎是在挑衅他。他努力隐藏起自己心中逐渐生出的惊恐，并且尽力用理智的口吻说话。

"你不必对你的丈夫进行不利的举证——"

"他不是我的丈夫！"

这句脱口而出的话使他怀疑自己是不是听错了。

"您能再说一遍吗？我——"

"他不是我的丈夫。"

死一般的寂静，静得连一根针掉在地上都能听见。

"我是维也纳的一名演员，我的丈夫还活着，只是住在疯人院里。所以我和伦纳德不能结婚，现在我很高兴这样。"

她挑衅地点点头。

"我需要你告诉我一件事。"梅亨先生说道，他试图表现出一种与往日无异的冷静和不动声色，"为什么如此痛恨伦纳德·沃尔？"

她摇摇头，微微一笑。

"是的，你应该知道。但是我不想告诉你。我要保守这个秘密……"

梅亨先生又干咳了几声，站了起来。

"看来我们没什么必要再继续谈下去了。"他说道，"当我和我的委托人取得联系后，我再给你写信。"

她走近他，用漆黑的眼眸盯着对方。

"告诉我，"她说道，"你今天来这儿的时候，是否相信——说真的——他是清白的？"

"是的。"梅亨先生说道。

"你这个可怜的小男人。"她笑了起来。

"我现在仍然相信。"律师最后说道，"晚安，女士。"

他走出房间，带着对那张奇怪的脸的深刻印象。

"这件案子越来越棘手了。"站在街边的时候，梅亨先生自言自语道。

整件事情都是如此怪异。一个奇怪的女人，一个非常危险的女人。当女人要把刀对着你的时候，她们就是恶魔。

接下来要做什么呢?这个可怜的年轻人已经无路可走了。当然,或许他真的杀了人……

"不。"梅亨先生对自己说,"不。虽然几乎大多数证据都对他不利。我还是不相信那个女人。她编造了整个故事。但是她永远不会在法庭上把这个故事说出来。"

他希望自己能更加确信这一判断。

2

治安法庭的诉讼流程简单而富有戏剧性。控方的主要证人是珍妮特·麦肯齐,死者的女仆,以及罗曼·海尔格,一个奥地利人,嫌犯的情妇。

梅亨先生坐在法庭席上,听着后者讲述的那个该死的故事。这种做法她已经在他们的谈话中暗示过了。

犯人可以进行抗辩,但是他仍旧受到指控。

梅亨先生已然黔驴技穷。这个案子对伦纳德·沃尔的不利程度已经难以言表。甚至参与抗辩的著名皇家律师也觉得希望渺茫。

"如果能动摇那个奥地利女人的证词,我们或许还能做些什么。"他不太确定地说道,"但是这桩案子简直糟糕透了。"

梅亨先生将注意力集中在一个点上。假设伦纳德·沃尔说的是真话,他确实在九点钟离开了那个被谋杀的女人的家,那么珍妮特在九点半听到的那个跟弗伦奇小姐谈话的男人又是谁呢?

唯一还有点希望的是,弗伦奇小姐的一个流氓侄子之前曾欺骗和威胁她,从她那里得到了许多钱。律师获知,珍妮特·麦肯齐,一直喜欢这位年轻人,并且从未停止在女主人面前替他说好话。极有可能，在伦纳德·沃尔离开之后，就是这位侄子跟弗伦奇小姐待在一起，尤其是如今在他经常出没的地方都不见其踪影。

至于其他方面，律师都调查不出什么结果来。没有人看到伦纳德·沃尔走进自己的家，也没有人看到他离开弗伦奇小姐的房子。没有人看到别的什么人进入或离开克里克伍德。所有的调查都是一片空白。

在宣判的前一晚，梅亨先生收到了一封信，这封信引导他的调查进入了一个全新的方向。

这封信是六点钟时由邮差送来的，由一个文化水平很低的人用潦草的字体，写在一张普通的纸上。信纸装在一个肮脏的信封里，邮票也贴得歪七扭八。

梅亨先生仔细阅读了好几遍，才弄明白信的意思。

亲爱的先生：

　　您是给那个年轻的小伙儿办事的律师。如果你想知道那个外国荡妇如何满嘴谎言的话，请在今晚到肖斯·伦茨·斯特普尼十六号。向莫格森太太打听这个信息需要花费您二百英镑。

律师把这封奇怪的信读了又读。当然，这可能是一个恶作剧，但是当他黔驴技穷之后，他变得越发相信它的真实性，并且确信这是那位嫌疑人的唯一希望。罗曼·海尔格的证据完全击败了他，如果能证明这个女人生活不检点，那么她的证据就不那么可信了，至少也是苍白无力的。

梅亨先生决定要不惜任何代价去解救自己的委托人，这是他的义务。他必须去一趟肖斯·伦茨。

他费了一番功夫才找到那儿,那是一幢摇摇欲坠的建筑物,位于贫民区,气味难闻。但他还是走了进去,上了三楼,去找莫格森太太。他站在门前敲了敲门,但无人应答,他又敲了敲。

这次,他听到屋内有人走动的声音,门很快被小心地打开了,但是只露了半英寸的门缝,能约莫看到一个佝偻的身影。

忽然间一个女人——只有女人才会发出那样的笑声——咯咯一笑,把门拉开了点。

"那么是你了,亲爱的。"她喘着气说道,"没人跟你一起来吧,是吗?没耍什么把戏吧?这就对了。你可以进来了——你可以进来了。"

律师有点不情愿地跨过门槛,走进了一间窄小肮脏的屋子,屋内点着一盏影影绰绰的煤油灯。角落里放着一张凌乱的破床,一张普通的牌桌和两把摇晃的椅子。梅亨先生第一次看清楚这个古怪公寓中的居住者。她是个中年妇人,有点驼背,满头凌乱的白发,头巾严实地遮住了她的脸庞。她发现律师在打量她,又笑了起来,发出了跟刚才一样奇怪的咯咯声。

"是不是在奇怪我为什么把自己的美丽都隐藏起来了,亲爱的?嘿,嘿,嘿……害怕受到诱惑吗,呃?但是你会看到的——你会看到的。"

她把头巾拉到一边。在那难以名状的猩红色疤痕前,律师不由自主地后退了一步。她再次裹好头巾。

"亲爱的,那么你是不想吻我了?嘿,嘿,我毫不怀疑。我曾经也是个美丽的姑娘——就在不久之前。硫酸,亲爱的,硫酸——就是它把我变成这副样子的。噢!但是我会向他们报仇——"

她突然爆发出一阵咒骂,梅亨先生试图让她镇静下来,但只是徒劳。最后,她终于安静了下来,双手紧张不安地攥紧又松开。

"够了,"律师严肃地说,"我来这儿是相信你能提供给我一些可以澄清我的委托人,伦纳德·沃尔的罪责的信息。这些跟案件有关系吗?"

她目光狡黠地斜视着他。

"价钱怎么谈,亲爱的?"她喘着气说道,"两百英镑,你还记得吧?"

"提供证据是你的义务,而且你会受到法庭传唤。"

"不会的,亲爱的。我是个老女人,而且我什么也不知道。但是如果你给我两百英镑,或许我能提供一些线索,明白吗?"

"什么线索?"

"您会怎么看那封书信?一封她写的信。不要问我是怎么拿到的,那是我的事。它能让你达到目的。但是我想要我的两百英镑。"

梅亨先生冷冷地看着她,并下定了决心。

"我只能给你十镑,不能再多了。而且只有当那封信如你所言有用时,你才会拿到这些钱。"

"十镑?"她大叫并对他咆哮道。

"二十镑。"梅亨先生说道,"这是我最后一句话。"

他站起来作势要走,然后,紧紧地盯着她,拿出钱包,数出了二十英镑。

"你瞧,"他说道,"我身上只有这么多钱。你要么收下,要么就拉倒。"

但是他知道,眼前的这些钱对她来说已经足够。她无力地诅咒着，咆哮着，但是最后还是收下了。她走到床边，从又破又烂的床垫子下抽出了一些东西。

"给你，该死的！"她吼叫道，"最上面的那一封就是你想要的。"

她扔给他的是一捆信，梅亨先生用自己一贯的冷静态度，有条不紊地打开它们，阅读了起来。那个女人，热切地望着他，但是从他那张面无表情的脸上，她什么也没看出来。

他仔细阅读每一封信，接着回到最上面的那封，又读了一遍。然后他小心地把这些信捆好。

它们都是情书，是罗曼·海尔格写的，收信人不是伦纳德·沃尔。最上面那封信的日期就是伦纳德被捕的那一天。

"我说的都是真话，亲爱的，不是吗？"那个女人哼哼道，"这些信，可以对付得了她吗？"

梅亨先生把这些信装进了自己的口袋，然后问道：

"你是如何得到这些信的？"

"我已经说了，"她斜眼看着他，"但是我知道的不止这些。我听了那个荡妇在法庭上的说辞。想知道她晚上十点二十在哪儿吗？——她说自己那时在家——问问里昂路的电影院吧，他们记得——一个美丽挺拔的姑娘，就像是——诅咒她！"

"那男人是谁？"梅亨先生问道，"这上面只有他的教名。"

对方的声音开始变得低沉而沙哑，她的手攥紧又松开。最后她指着自己的脸说：

"他就是对我做了这种事的男人。很多年前，她把他从我身边抢走了——那时她还是个黄毛丫头。而当我再次追求他——并且再次爱上他之后——他就把那些该死的东西扔向了我！她笑了起来——该死的女人！许多年来我一直想要复仇。我尾随她，监视她。现在我终于能报复她了！梅亨先生，她该为此遭报应，不是吗？她会受到惩罚吗？"

"她可能会因为提供伪证而被判入狱。"梅亨先生平静地说道。

"被监禁——这就是我希望的。你要走了，是吗？我的钱在哪儿？那些可爱的钱在哪儿？"

梅亨先生什么也没说，把钞票放在桌子上，接着深吸一口气，转身离开了这间肮脏的屋子。再回过头时，他看到那个老女人正对着钞票低声哼唱。

他没浪费一点时间，很容易就找到了位于里昂街的电影院，并且向他们出示了罗曼·海尔格的照片，门卫立马认出了她。就在案发的那天晚上，十点刚过，她和一位男士出现在电影院。他没有特别注意她的男伴，但是记得那位女士曾和他讨论过那部正要放映的电影。他们一直待到电影结束，即大约一小时后。

梅亨先生很满意。罗曼·海尔格的证言从头到尾都是谎言。她由于个人的怨愤捏造了证据。律师很想知道隐藏在这位女士身后的怨愤是什么。伦纳德·沃尔到底对她做了什么？当律师告知他罗曼的态度时，他似乎大为惊愕。他曾热切地宣称这种事情是绝不可能的——然而在梅亨先生看来，在吃了一惊以后，他的抗议似乎变得诚意了。

他很清楚。梅亨先生对此非常确信。他知道，但是并不打算揭露这个事实。这两人之间的秘密仍然是个秘密。梅亨先生怀疑自己是否有朝一日能知道那个秘密。

律师看了看自己的手表。已经很晚了，但时间就是一切。他叫了一辆出租车，把地址告诉了司机。

"查尔斯爵士一定要立马知道这一切。"他踏进车子时，喃喃自语道。

伦纳德·沃尔谋杀艾米丽·弗伦奇一案的审判引起了广泛的关注。首先犯人是一个年轻英俊的小伙子,其次他被指控犯了一个如此恶劣的罪名,更有意思的是罗曼·海尔格,控方的首席证人。许多报刊上都刊登了她的照片,而且关于她的出身和历史还流传出了好几个版本。

诉讼极其平静地开始了。一些技术性证据首先被列举出来。接着珍妮特·麦肯齐受到传唤。她讲述的故事跟之前大体相似。在询问环节,辩护律师成功地使她在描述沃尔和弗伦奇小姐的关系上出现了一两次矛盾。他强调这样一个事实,即虽然她那天晚上在起居室听到了一个男人的声音,但没有任何证据显示待在那里的就是沃尔先生。而且他还努力暗示,她的证言之下隐藏了许多对被告的嫉妒和厌恶之情。

接着第二个证人被传唤。

"你的名字是罗曼·海尔格吗?"

"是的。"

"你是一个奥地利人?"

"是的。"

"过去三年你跟嫌犯住在一起,并且一直将自己视为他的妻子吗?"

罗曼·海尔格盯了一会儿坐在被告席上的那个男人。她的神情中包含着某种奇怪而深不可测的东西。

"是的。"

询问继续。一言一语中,那个该死的真相逐渐被揭开。在案发的那天晚上,嫌犯随身带回了一把撬棍。他在晚上十点二十的时候回到家,向她承认自己杀了那个老女人。他的袖口上还沾有血迹,他在厨房的火炉里把衣服都烧了,并威胁恐吓要她保持缄默。

当讲述这一切的时候,陪审团一开始感情还有点偏向被告,但是现在都一致反对他。被告垂头丧气地坐在那里,就好像认命了一样。

但值得注意的是,罗曼自己的律师却试图限制她证言中的敌意。他更希望她是一位客观公正的证人。

辩护律师艰难笨拙地站了起来。

他指出她的故事从头到尾都是恶毒的谎言,而且在案发那天晚上,她甚至都不在自己的家里,她爱上了另外一个男人,因而蓄意给沃尔安上一个足以置他于死地的罪名。

罗曼非常粗暴地否认了他的指控。

接下来的结果十分出人意料,因为那些信件,在法庭上被当众宣读。现场静得一点声音都听不到。

麦克斯,亲爱的。命运使他落在我们的手里!他因为谋杀被捕——但是,是的,谋杀一个老女人!伦纳德是个甚至连苍蝇都不会伤害的人!我终于可以实施我的复仇了。那只可怜的小鸡!我要说那天晚上他进家门的时候,身上还沾着血——他还向我坦陈了一切。我要绞死他,麦克斯——他被绞死以后,会知道是罗曼将他置于死地的。那之后——快乐,亲爱的!永远快乐!

法庭有专家在场,准备去验证那些笔迹是否是罗曼·海尔格的,但是,已经没有必要了。一见到这些书信,罗曼就被完全打垮了,并承认了所有事情。伦纳德·沃尔是在他所说的那个时间——九点二十到的家。她编造整个故事就是为了毁掉他。

随着罗曼·海尔格的崩溃,整件案子也宣告结束。查尔斯爵士无须再传唤剩下的证人,被告自己站在了证人席上,用富有男子气概的口吻坦率地讲述着自己的故事,对控方的质询毫不动摇。

控方努力想要恢复士气,但是已经完全没有胜利的希望。法官的总结并不完全倾向被告,但是态度已然很明显,只是需要一点时间让陪审团做出裁决。

"我们认为被告无罪。"

罗纳德·沃尔自由了!

小个子的梅亨先生匆忙从椅子上站起来。他一定要向他的委托人表示祝贺。

他发现自己在认真地擦拭那副夹鼻眼镜,于是愣住了。他的妻子刚在前一天晚上说他有擦拭眼镜的习惯。习惯真是件奇怪的事,人们自己永远意识不到。

一件有意思的案子——非常有意思。还有那个女人,罗曼·海尔格。

他能打赢这场官司还是因为这个外国人——罗曼·海尔格。在帕丁顿的房间里,她似乎是一个憔悴而安静的女人,但是在法庭严肃背景的衬托下,她却忽然燃烧了起来,耀眼得如同一朵艳丽的花。

如果现在闭上眼,他就能感受到她的样子,个子高挑,热情洋溢,优美的身材微微前倾,她的右手一直在无意识地攥紧又松开。真是怪事,习惯。她的这个动作就是她的习惯,他想。但是最近在哪儿,他肯定见过某人也有这样的习惯。是谁呢?就是最近——

他倒吸了一口气,想起来了。那个住在肖斯·沃茨的女人……

他呆住了,脑袋乱成一团,这不可能——不可能——但是,罗曼·海尔格是一位演员。

皇家律师来到他身后,拍了拍他的肩膀。

"祝贺他了吗?他幸免于难,你知道。跟我来,一起去看看他。"

但是那个小个子律师推开了他的手。

他只想做一件事——当面见见罗曼·海尔格。

直到很久以后,他才见到了她,他们会面的地方已经跟之前的事情不相干了。

"所以你猜到了。"当他把自己所想的一切告诉她后,她说道,"事实?噢!很容易解释,那间屋子里煤油灯的光线让你很难看清楚我的装扮。"

"但是为什么——为什么——为什么——"

"为什么我独自一人孤军奋战?"她微微一笑,想起了上次使用的这个词。

"一出多么精密的喜剧!"

"我的朋友——我不得不去救他。一个忠诚于他的女人的证言不足采信——你自己也暗示了很多。但是我懂得一些大众心理学知识。所以,我让自己的证言变成伪证,以此把我置于法律的审视之下,从而造成一种有利于被告被释放的反应。"

"那一大捆信件呢?"

"只有一封,关键的一封,可能看起来像——我们要怎么称呼它呢?——一个奸计。"

"那么,那个叫作麦克斯的男人呢?"

"没有这个人,我的朋友。"

"我还以为,"小个子梅亨先生委屈地说道,"我们可以通过正常的程序洗刷他的罪名。"

"我不敢冒这样的险。你知道,你认为他无罪——"

"你知道?我明白了。"小个子梅亨先生说道。

"我亲爱的梅亨先生,"罗曼说道,"你根本就不明白。我知道——他确实犯了罪!"

蓝色瓷罐的秘密

1

杰克·哈廷顿沮丧地看着他击出的球。站在球的旁边，他回望着球座，测算了一下距离。他感觉自己的脸上满是令人厌恶的轻蔑。他叹了口气，挥动球杆，划起两道有力的弧线，一株蒲公英和一簇草都被带得飞了起来，接着球被球杆精准地击中了。

当你在二十四岁的年纪，为了实现抱负而不得不减少对高尔夫的痴迷，以便付出时间和精力去勉力维生，实在是太不容易了。一个星期有五天半的时间都能看到杰克被"关在"城市里的一个"桃花心木的坟墓"中。星期六下午和星期天，他才能过真正属于自己的生活。因为对高尔夫球非常痴迷，他在靠近斯托顿-希斯一带的一个小旅馆里租下了一间房子，每天早晨六点钟起床，练习一个小时，接着坐八点四十六分的车前往小镇。

这种安排唯一的缺点是，他似乎在早晨的那一个小时的练习中始终无法击中任何目标。球杆只笨拙地击中了一个失误的发球。被他的五号铁头球杆击中的球顺着地面轻快地滚动着，这四次轻击似乎是所有高尔夫球场上最糟糕的成绩了。

杰克叹着气，紧紧抓着他的球杆，不断自言自语着一些"奇妙"的话："左臂呈直角，不要向上看。"

他摇摇晃晃地往回走——突然停了下来，呆住了。一声尖厉的惊叫声刺破了夏日清晨的宁静。

"杀人了，"有人叫道，"救命啊！杀人了！"

那是个女人的声音，慢慢地，尖叫变成了阵阵叹息声，最后完全消逝了。

杰克放下球杆，朝声音传来的方向跑去。这惊叫声是从附近的某个地方传过来的，这块区域位于一个极其荒凉的乡村，这里只有几幢房子。事实上，最近的地方只有一幢房子，这是一栋精巧的小别墅，因为散发的那种古典的优雅气息，杰克经常注意到它。他朝那栋别墅跑去。那里有一个被杜鹃花覆盖的斜坡，挡住了杰克的视线，他花费了一分钟时间绕过斜坡，站在那栋别墅前，把手放在一扇小小的锁着的门上。

花园里站着一位姑娘，杰克一度理所当然地以为就是她发出了求救声。但是很快他就改变了想法。

姑娘提着一个小篮子，篮子里装着半篮杂草，明显她刚才在为花园里那一大片三色紫罗兰除草。杰克注意到，她的眼睛也有着紫罗兰般的颜色，如天鹅绒一样的柔软、深邃，与其说是蓝色，不如说是蓝紫色。她穿着紫色亚麻长袍，就像一株三色紫罗兰。

这位姑娘看着杰克的神情，半是疑惑，半是惊讶。

"不好意思，"这位年轻人说道，"但是刚才是你在呼叫吗？"

"我？不，肯定不是我。"

她的惊讶使得杰克也有点迷糊了。她的声音非常温柔悦耳，还带着点外国腔。

"但是你一定听到了，"他叫道，"那声音就来自这附近的某个地方。"

她盯着他。

"我什么也没听到。"

这次换杰克盯她了。她不可能没听到那挣扎求救的声音。但是她的平静又让他没法相信她在欺骗自己。

"那声音就是从这附近的某个地方传来的。"他坚持说。

她现在用一种充满疑虑的眼神看着他。

"你在说什么？"她问道。

"杀人了——救命！杀人了！"

"杀人了——救命！杀人了。"这个姑娘重复了一遍，"是有人在戏弄你吧，先生。谁会在这里被谋杀呢？"

杰克困惑地环视四周，希望在花园小径上发现一具尸体什么的。但是他依旧很肯定他听到的喊叫声是真实的，而不是他幻想的产物。他看了看别墅的窗户，一切都似乎完好平静。

"您想要查看我们的房子吗？"那个姑娘讽刺道。

她显然不相信杰克所说的话，这加深了杰克的疑惑。他转过身去。

"不好意思，"他说道，"那声音肯定是从树林更深处传过来的。"

他戴上帽子，退了出去。在他回头看时，那位姑娘依旧在平静地除草。

好一段时间，他都在树林里游荡，但是他没有找到任何迹象能表明发生过什么不同寻常的事情。但是他依旧坚信自己肯定是真的听到了那个声音。最后，他放弃了搜寻，匆匆回家，急急忙忙吃完饭，如往日一样，正好赶上八点四十五的车。坐在火车上，他的良心忽然被唤起。他是不是应该立马向警局报告这件事呢？他没有这样做完全是因为那个如紫罗兰般的姑娘对他的怀疑。她很明显怀疑自己是神经错乱——可能警察也会这么觉得。他能完全肯定自己听到了那声喊叫吗？

但是此时，他已经不那么确信了——这是试图寻回感觉的必然结果。是否是远处的鸟叫声让他误以为自己听到了类似女人的声音？

但是他生气地打消了这个念头。那就是一个女人的声音，而且他听到了。他记得在听到那声喊叫前，他还看了一眼手表。最可能的时间点是七点二十五分。这可能对警察来说是一个有用的信息——如果真的发生了什么事的话。

那天晚上回家之后，他急切地浏览了当天的晚报，试图从上面找到有嫌疑犯被逮捕的消息。但是，根本没有这方面的内容，他自己也不知道对此是应该感到轻松还是失落。

次日早晨，空气相当湿润——湿润到连最热情满满的高尔夫球爱好者的热情也被冷却下来。杰克拖到最后一刻才起床，胡乱地吞咽下早饭，跑着去赶火车，并且再次热切地读着报纸。仍旧没有任何关于谋杀的信息。晚报也是如此。

"真是怪了，"杰克自言自语道，"但确实有这样的声音啊。或许是一些讨厌的男孩正在树林里玩游戏吧。"

第二天，他很早就起床了。经过那栋别墅的时候，他眼角的余光扫视到，那个姑娘依旧在花园里除草。显然这是她的一个习惯。他打出了一记绝妙的近距离击球，希望她能注意到。当他把球放在球座上准备打下一杆时，他看了看手表。

"正好刚过七点二十五分，"他喃喃自语道，"我想知道——"

话冻结在了他的嘴唇边。他身后又传来了上次那种吓他一跳的喊叫声。一个女人的声音，带着一种可怕的痛苦感。

"杀人了——救命！杀人了！"

杰克向后跑去。那个紫罗兰般的姑娘站在大门口，看起来被惊吓到了，杰克胜利般地向她跑去，大声叫道：

"不管怎样，这次你总该听到了吧。"

她的眼睛睁得大大的，带着某种他无法理解的情绪。但是他注意到，当他靠近她时，她一直在向后退，而且还回头看了看那幢房子，就好像想跑回那里寻求保护。

她摇摇头，瞪着他。

"我什么也没听到。"她疑惑地说。

她的眼神让他深受打击。她是如此真诚，使他不得不相信。虽然这肯定不是他臆想出来的——他不可能——他不可能——

他听到她在温柔地说话——几乎带着同情。

"你患有炮弹休克症，是吗？"

他立刻就明白她是害怕了，她回头瞄那幢房子，以为他出现了幻觉……

然后，就像被冷水浇头一般，他忽然闪出了一个恐怖的念头，她说的是真的吗？他是否出现了幻觉？受这种可怕的想法困扰，他转过身去，一言不发。那位姑娘目送他离开，叹着气，摇了摇头，弯下身子继续除草。

杰克试图对此加以分析。"如果我在七点二十五分再次听到那该死的声音，"他对自己说，"这就证明我患上了某种妄想症。但是我不会再听到了。"

他那一整天都惴惴不安，很早就上床睡觉，下定决心明天早晨要为这件事找到证据。

遇到这样的事，谁都不会完全不受影响，直到半夜，他还了无睡意，结果，最后竟睡过了头。一直到七点二十分，他才离开旅店，跑向目的地。他意识到自己没法在七点二十五分赶到高尔夫球场了，但能肯定的是，如果那个声音单单只是幻觉的话，他就能在任何地方听到它。他继续跑着，眼睛死死盯着手表。

七点二十五分刚过，远处就传来一个女人的喊叫声。内容有点听不太清，但是他肯定这跟他之前听到的喊叫声是一样的，而且声音来自同一个地方，就是附近那栋别墅的某处。

简直太奇怪了，这个事实打消了他的疑虑。或许，说到底，这只是一个恶作剧。尽管似乎不太可能，但那位姑娘也许在戏弄他。他坚定地挺直肩膀，从高尔夫球袋中拿出他的球杆，朝着那栋别墅的方向打了几杆球。

姑娘一如往常，待在花园里。这天早晨，当他向她举帽致意时，她抬起头来，羞怯地道了早安……他觉得她看上去比平日里还要可爱几分。

"好天气，不是吗？"杰克快活地说道，心里咒骂着这些不可避免的烦琐的问候。

"是的，确实是，天气好极了。"

"我想，这种天气对花园的花草来说再好不过了吧？"

那位姑娘微微一笑，露出了迷人的小酒窝。

"噢，不是的！我的花需要雨天。看哪，它们都要枯萎了。"

杰克顺着她的手势，挨近了那道低矮的篱笆，篱笆正好将花园和高尔夫球场隔开，他的视线越过篱笆看向花园。

"它们看起来还不错。"他尴尬地说，察觉到说话时，那位姑娘略带同情地扫了他一眼。

"阳光好极了，不是吗？"她说道，"为了种好花，人要不停给它们浇水。但是太阳赋予它们力量，让它们恢复健康。先生您今天气色好多了，我看得出来。"

她鼓励的口吻让杰克感到深深的不安。

"该死。"他自言自语道，"我相信她是在暗示我去接受治疗。"

"我感觉好极了。"他说。

"那就好。"姑娘迅速又流利地答道。

杰克有点生气——她并不信任他。

他打了几杆球,然后赶紧回去吃早饭。他用餐时,觉察到——这不是第一次——坐在旁边桌子上的男人正在认真地观察他。那是位中年人,长着一张坚毅有力的脸,留着小小的黑色胡子,还有一双能看透人心的灰色眼睛,气定神闲的举止形态表明他专业技能素质较高。杰克知道,他的名字叫做拉文顿。他还隐约听闻过几个模糊的传言,说他是一位著名的医学专家,但是杰克不怎么了解哈利街的医生,这个名字对他来说没有什么意义。

但是这个早晨,他非常确信拉文顿就是在静静地观察他,这让他有点害怕。难道他的秘密写在了脸上,每个人都能看到吗?难道这个人,出于他的专业敏感,知道了隐藏在他大脑灰质中的某些缺陷?

一想到这些,杰克就一阵发抖。会是真的吗?他真的神经错乱了?这一切都是幻想,还是一个巨大的恶作剧?

忽然他想到了一个非常简单的测试方法。迄今为止,他都是独自一人打高尔夫。如果有其他人陪着呢?那么,至少可能有三种情况会发生:喊叫可能不再出现;他们两人或许能听到;或者——只有他自己能听到。

当天晚上,他开始实行自己的计划。拉文顿正是合适的人选。他们很容易就攀谈起来——那位年长男士或许一直在期待这样的开始。很明显,由于某种原因,杰克对他充满了兴趣。后者相当随意且自然地提议在早餐前可以打几杆高尔夫球。他们预备在第二天早晨去打球。

两人在七点前就出发了。那真是一个好天气,晴空万里,却不是很热。医生的高尔夫球打得相当好,杰克则表现得很糟糕。他所有的念头都放在了即将出现的危机之中。他不断地偷瞄自己的手表。打到第七杆时,球座正好位于那栋别墅和球洞之间,时间大约在七点二十分。

那位姑娘,一如往常,当他们经过的时候在花园里工作。她并没有抬头。

有两颗球躺在草坪上,杰克挨近球洞,医生则离得稍微远点。

"我要击中它,"拉文顿说道,"我一定能击中,我想。"

他弯下腰,判断着他需要采用的击球路线。杰克挺直身子站立着,他的眼睛紧紧锁定在手表上。时间正好到了七点二十五分。

那个球迅速地沿着草坪滚动,在球洞的边缘处,它略微停了一下然后滚了进去。

"好球!"杰克说道。他的声音听上去有些嘶哑,不像他自己的……他把手表往手臂上撸去,并大为放松地喘了口气。什么事情也没发生。那个诅咒被打破了。

"如果你不介意等待一分钟的话,"他说道,"我想抽根烟。"

他们在打到第八杆球的时候,停了一会儿。杰克把烟斗装满,点烟时他的手指有点微微颤抖。他的头脑中似乎形成了巨大的压力。

"天哪,多好的天气啊,"他说,望着眼前的风景,他感到极大的满足,"继续啊,拉文顿,你的挥击。"

就在医生击球的一瞬间,那个声音又出现了。一个女人的声音,尖锐而痛苦。

"杀人了——救命!杀人了!"

烟斗从杰克紧张不安的手中掉落,当他朝向声音传来的方向时,他忽然想起医生的存在,于是屏息凝视着他的同伴。

拉文顿正低头看着球场,用手遮在眼睛上方。

"有点短——尽管绕过了沙洞,我想。"

他什么也没听到。

整个世界似乎在杰克周围旋转着。他东倒西歪,晃了一两步。当终于恢复过来的时候,他正躺倒在矮草坪上,拉文顿弯腰看着他。

"现在放轻松,放轻松。"

"我怎么了?"

"你昏厥了,年轻人——或者说差点就昏厥了。"

"我的天哪!"杰克说道,呻吟着。

"到底出了什么事?你的精神方面出了什么问题?"

"我很快就告诉你,但是我要先问你一点事。"

医生点燃了自己的烟斗,坐在了斜坡上。

"你想问什么都行。"他轻松地说。

"你是不是这一两天都在观察我,为什么?"

拉文顿眨了一下眼。

"这真是个棘手的问题。猫也能傲视国王[①],你知道。"

"不要回避我的问题。我很着急。为什么?我是有重要原因才这么问的。"

拉文顿的脸色变得严肃起来。

"坦白说,我发觉你表现出的所有迹象都显示你在承受着沉重的压力,这引起了我的兴趣,我想知道这种压力究竟是什么?"

"我可以马上告诉你,"杰克苦涩地说道,"我要疯了。"

他充满戏剧性地停了下来,但是他的叙述似乎并没有引起他

[①] 原文为 A cat can look at a king,这是一句俗语,来源于德国。据说十六世纪巴伐利亚国王马克西米利安一世曾造访一家木雕作坊。作坊主的猫一直懒洋洋地卧在桌上看看这个国王,脸上满是猜疑的神情。后引申为小人物也应享有权利。

预想的兴趣和惊惶，他重复了一遍。

"我告诉你我要疯了。"

"真是很奇怪，"拉文顿喃喃自语道，"确实非常奇怪。"

杰克感到一阵愤慨。

"我觉得你才奇怪。医生们都是如此冷酷无情。"

"来，我的年轻朋友，我们聊两句。首先，虽然我获得了专业学位，但是我没有医学实践。严格地说，我还不是一名医生——不是那种诊治身体的医生，就是这样。"

杰克热切地看着他。

"精神方面的吗？"

"某种程度上来说，是的，但更准确来讲，我称自己为灵魂医生。"

"噢！"

"我察觉出你语带轻视，但是我们必须用某种词语来表达这个活性事物，它可以脱离并独立存在于你的肉身所栖息的地方，即你的身体。你不得不使用灵魂这个词汇，你知道，年轻人，这个词汇不仅仅是由牧师发明出来的宗教术语。但是我们称之为精神，或是潜意识的自我，或是其他更合适的词汇。你刚才对我所说的话持有异议，但是我保证，像你这样一位神智健全的年轻人，居然也会因为神经错乱而产生幻觉，着实叫我又吃惊又好奇。"

"我的确是神经错乱了，我很痛苦。"

"请原谅我的话，但我无法相信。"

"幻觉在折磨我。"

"晚饭之后吗？"

"不是，在早上。"

"那不可能。"医生说道，又点燃了他手中已经熄灭的烟斗。

"我告诉你，我听到了其他人没有听到的声音。"

"一千人之中有一个人能看到木星。不能因为其他的九百九十九个人看不到，就怀疑木星本身的存在，也没有任何理由把这第一千个人称做疯子。"

"可是木星已经被证明是科学事实了啊。"

"今日的幻觉很有可能被证实为明日的科学事实。"

拉文顿讲求实际的态度不禁影响到了杰克。他感到无限的安慰和欢欣。这位医生体贴地看了他一两分钟，然后点了点头。

"看起来好多了。"他说道，"你这个年轻人最大的问题就是你坚信除了自己的哲学之外，其他的东西都不存在，当有些事情冲击到这种观念时，你就会惊恐不安。让我听听你觉得自己发疯的原因吧，然后我们再决定是否要把你关起来。"

杰克尽可能忠实地复述了整件事情。

"但我仍无法理解的是，"医生补充道，"为什么今天早晨这声音出现在七点半——比之前迟了五分钟。"

拉文顿思考了一两分钟，接着——

"你的手表现在是几点？"他问道。

"七点四十五。"杰克说。

"那么这就很好解释了。我的表差二十分到八点，你的表快了五分钟，对我来说，这真是一个非常有趣又重要的时间点。事实上，它是非常宝贵的。"

"怎么说？"

杰克开始有点感兴趣了。

"嗯，最明显的解释是在第一天早晨，你真的听到了那样的喊叫声——可能是个玩笑，可能不是。第二天早晨，你暗示自己确实在同样的时间听到了同样的喊叫声。"

"我肯定事情并非是这样。"

"当然了,这不是有意识的,但是潜意识经常会跟我们开一些有意思的玩笑,你知道。不管怎么说,这种解释经不起推敲。如果这只是关于暗示的病例的话,你应该在你手表时间为七点二十五分的时候听到那声喊叫,而且如你所想,你不可能在这个时间之后还听得到。"

"好的,然后呢?"

"嗯——这很明显,不是吗?这声求救的喊叫在空间里占据了一个非常明确的地点和时间。地点就在那幢小别墅里,时间就是七点二十五分。"

"是的,但是为什么我是那个能听到这个声音的人呢?我并不相信鬼魂和所有幽灵类的东西——击桌招魂术等诸如此类。为什么我能听到这该死的声音呢?"

"噢!这个问题我们现在还说不清。有意思的是,很多最好的灵媒都宣称自己是怀疑论者。不是只有对超自然现象感兴趣的人才能感受到显灵的。许多人能感受到其他人看不到、听不到的东西——我们也不知道为什么会这样,十有八九他们自己也不想看到或听到它们,而且觉得自己是在遭受幻觉的折磨——就像你一样。它就像是电流。许多物质是很好的导体,其他的是绝缘体。迄今我们还不知道是为什么。总有一天,毫无疑问,我们会知道为什么你能听到这样的声音而那位姑娘不能。每件事都被自然法则所控制——类似超自然的事情是不会发生的。找到这个控制所谓心灵现象的法则是一件艰苦卓绝的工作——而且甚少能得到帮助。"

"但是我需要做些什么呢?"

拉文顿呵呵一笑。

"实际上，我看，嗯，我的年轻朋友，你要好好享受一顿丰盛的早餐，然后进城，不要再让你的头脑在那些你所不能理解的事情中陷得更深。我，则要去四处逛逛，看看能否找到这幢别墅背后的什么信息。我敢发誓，那里肯定是秘密的聚集地。"

杰克抬脚准备走。

"好的，先生，我这就走。但是，我说——"

"什么？"

杰克的脸上闪现出一丝尴尬。

"我能肯定那位姑娘完全正常。"他嘟囔道。

拉文顿看起来被逗乐了。

"你没告诉我，她是个漂亮姑娘吧？好的，打起精神来，我想从她那里会找到这个秘密的某些线索。"

杰克这天晚上回家时，带着极强的好奇心。他现在盲目地相信拉文顿。医生很自然地接受了这件事情，态度是如此实际，如此镇定，杰克被感染了。

他发现当他下楼吃晚饭的时候，他的新朋友正在大厅里等他，医生提议两人共进晚餐。

"先生，有什么新消息吗？"杰克不安地问道。

"我已经搜集了关于希瑟别墅的历史信息。它先是被一个老园丁和他的妻子租了下来。那个老头儿去世后，老太太就搬到自己女儿那里去了。接着一个建筑商人把它买了下来，并且进行了彻底翻新，将它转手给了一个城市里的绅士，绅士用它来度周末。大约一年前，他把这栋别墅卖给了一个叫做特纳的人——特纳夫妇。据我了解，他们俩似乎是最奇怪的一对夫妇。特纳先生是英国人，他的妻子据说有一部分俄罗斯血统，长得非常漂亮，且带有异国风情。他们生活得相当平静，不见外人，甚至也不到别墅花园里走走。当地有传言说他们害怕某些东西——但是我认为我们不应该相信这些传言。

"后来忽然有一天,他们一大清早就离开了,而且再也没有回来。代理人收到了一封来自特纳先生的信,写于伦敦,要他尽快把这个地方脱手。家具都被变卖了,别墅也被卖给了莫莱弗勒先生。实际上他只在那幢别墅里住了两个星期——接着,他登报要把别墅租赁出去。现在住在里面的是一位法国教授和他的女儿,他们在这里住了有十来天。"

杰克安静地消化着这些消息。

"我认为这些消息不能给我们提供什么指示,"他最后说道,"你不觉得吗?"

"我想知道更多关于特纳家的消息,"拉文顿平静地说,"他们一大早就离开了,你记得吧。据我所知,没有人真的看到他们离开。特纳先生之前还被人看到过,但是我找不到任何见过特纳太太的人。"

杰克的脸色唰的白了。

"不会是——你指的是——"

"不要这么激动,年轻人。任何人在弥留之际都会有一种影响力——尤其是那些惨死的人——他们对周围环境的影响力是非常强大的。周围环境可能会吸收这种影响,将之传递到一个适合的信号接收器中——在这个事例中,你就是那个信号接收器。"

"但为什么是我?"杰克抗议似的嘟囔着,"为什么不是其他更能干的人?"

"你认为这种力量是智慧的,有目的性的,但其实它是盲目的、机械的。我不相信世俗的说法,说什么灵魂在某地游荡是为了某个特殊的目的。但是这些我一次次目睹的事情——我无法再把它们看成是一种纯粹的巧合——就像是盲人摸索着向光明走去——受一种隐秘的力量驱使,总是朝着最终的目标隐匿地行进……"

他使劲摇摇头,好像是在摆脱某种心中的固执观念,他转向杰克,嘴边挂着笑容。

"让我们暂时抛开这个话题——为了今晚。"他建议道。

杰克欣然接受了,但是他发现,要把这个话题从自己的头脑中驱逐却不是那么容易。

到了周末,他自己也做了一次周密的调查,但是得到的结果并不比医生的多。他已经打定主意不在早餐前打高尔夫球了。

链条上的下一环非常让人意外。有一天下班回家的时候,杰克被告知有位年轻的女士等着要见他。让他感到惊讶的是,那个人正是花园里的那位姑娘——那个紫罗兰般的姑娘,他总是在心中这么称呼她。她看起来十分紧张、充满疑虑。

"你会原谅我这样冒昧来访吧,先生?但是我有些事情要告诉你——我——"

她不太放心地四处张望。

"来这里。"杰克迅速地说,带她去了被这间旅馆所弃置的"女士休息室",这是一间阴暗的房间,装饰着大量的红色丝绒,"现在,坐下,小姐,怎么称呼——"

"马尔绍,先生,费丽丝·马尔绍。"

"请坐,马尔绍小姐,告诉我是什么事。"

费丽丝顺从地坐了下来。今天她穿了一件暗绿色的衣服,那张小而美丽、带着骄傲的脸庞比平日里更加迷人。杰克坐在她的身边,心跳得更快了。

"是这样的,"费丽丝解释道,"我们只在这里住了一小段时间,从一开始我们就听说这栋房子里——如此可爱的小别墅里——闹鬼。没有仆人愿意待在这儿。这没有什么——我,我能做家务,还能做些简单的饭菜。"

"天使啊,"这位年轻人痴迷地想着,"她真是完美。"

但是他仍然装出一副只对事情本身感兴趣的样子。

"说到鬼魂,我认为都是荒唐无稽的东西——直到四天前。先生,四个晚上过去了,我一直在做同样的梦。一位女士站在那里——她非常美丽,个子高挑,皮肤白皙。她的手里拿着一个蓝色的中国瓷罐。她很痛苦,非常痛苦,她一直试图把这个瓷罐递给我,好像哀求我用这个瓷罐做些什么。但是,哎!她说不出话来,而且我——我不知道她想要我做什么。这就是头两个晚上的梦境,但是前天晚上,我梦到了更多的东西。她和那个蓝色瓷罐都渐渐消失了,突然我听到了她的喊叫声——我知道那是她的声音,你知道——接着,噢!先生,她所说的话跟你那天早晨说的一模一样。'杀人了——救命!杀人了!'我被恐惧惊醒了。我跟自己说,这就是个噩梦,你听到的不过是个意外。但是昨天晚上,这个梦又来了。先生,这是怎么回事?你也听到过。我们应该怎么办?"

费丽丝满脸惊恐之色。她那双精致纤巧的手紧紧握在一起,求助似的牢牢盯着杰克。后者强装一副不在意的样子。

"这没什么,马绍尔小姐。你不需要担心。我来告诉你需要做些什么,如果你不介意的话,请把整个故事向我的一位住在这里的朋友复述一遍,他叫拉文顿。"

费丽丝说她愿意接受这个建议,杰克走出房间去找拉文顿。过了几分钟,他跟拉文顿一起回来了。

杰克匆忙向他介绍了费丽丝,拉文顿先生用敏锐的目光审视着这个姑娘。说了几句抚慰的话语后,他迅速地使这位姑娘放松了下来,接着轮到他,耐心倾听这位姑娘的故事了。

"非常奇怪,"听她说完之后,他说道,"你告诉你父亲这些事了吗?"

费丽丝摇摇头。

"我不想让他担心。他仍旧病得很严重。"她的眼睛充溢着泪水,"我要设法让他避免任何可能引发他兴奋或是激动的事情。"

"我理解,"拉文顿温和地说道,"很高兴你能来找我们,马绍尔小姐。哈廷顿先生,你知道,跟你有类似的经历。我想我能说我们现在找到了些线索。你还能想起别的什么事吗?"

费丽丝迅速地想了想。

"当然!我是多么愚蠢啊。这是整件事中极其重要的一点。看啊,先生们,我在碗橱背后找到了这个,它滑落到搁架的后面了。"

她递过来一张肮脏的水彩纸,那上面粗略地勾画着一个女人的轮廓。虽然只是随意涂抹了几笔,但是画上的人物却很出彩。画面上是一位高挑白皙的女子,脸上带着某种微妙的非英式的风情。她站在一张桌子旁,桌面上有一个蓝色瓷罐。

"今早我就只找到了这个。"费丽丝解释道,"医生,这画上的女人跟我梦到的一样,这个蓝色瓷罐也是。"

"不可思议。"拉文顿说,"解开谜团的钥匙明显是这个蓝色瓷罐。它看起来像某种中国瓷器,可能是件古老的文物,上面似乎还画着怪异的浮雕花纹。"

"它确实是一件中国瓷器,"杰克说道,"在我叔叔的收藏中,我看到过一个与此类似的器物——他是一位著名的中国瓷器收藏家,你知道,我记得在不久前就看到过一个和它很像的瓷罐。"

"中国瓷器。"拉文顿沉吟道。他继续沉思了一两分钟，接着突然抬起头，眼中闪现着奇怪的光芒，"哈廷顿，你的叔叔得到这件瓷器有多久了？"

"多久？我真的不知道。"

"想想。他是最近买下的吗？"

"我不知道——是的，我想是的，现在我想起来了。我自己对瓷器不是很感兴趣，但是我记得他曾向我展示他的'近期收藏品'，这就是其中一件。"

"顶多是两个月之前？特纳夫妇离开希瑟别墅的时间就是两个月之前。"

"是的，我想是的。"

"你的叔叔会去参加乡村拍卖会吗？"

"他总是乘车去。"

"那么，很有可能他是在拍卖会上买到了特纳夫妇的东西。一个奇怪的巧合——或者可能正如我所说，像盲人摸索光明一样。哈廷顿，你必须立即查出你的叔叔是在什么地方获得的这个瓷罐。"

杰克的脸色沉了下去。

"我恐怕办不到。乔治叔叔去欧洲大陆了。我甚至不知道要怎么写信给他。"

"他会去多长时间？"

"至少三周到一个月。"

之后是一片安静。费丽丝焦急地坐着，从这个人身上看到那个人。

"那么就是说现在我们什么也做不了吗？"她胆怯地问道。

"不，还有一件事可以。"拉文顿用一种无法压制的兴奋说道,"这可能不太正常,但是我相信它会成功。哈廷顿,你必须立马拿到那个瓷器,带着它来这儿。而且,如果小姐您愿意的话,我们晚上要待在希瑟别墅,还要随身带着这件瓷器。"

杰克感到皮肤一阵发麻。

"你认为会发生什么?"他不安地问道。

"我还没有什么想法——但是我非常相信,这个谜团会被揭开,这个鬼魂也会回到该去的地方。很可能,这个瓷罐是双层的,里面隐藏了什么东西。如果什么事也没发生,我们就必须运用我们的智慧了。"

费丽丝合上了双手。

"这是个好主意。"她说道。

她的眼睛闪着激动的光芒。杰克却不觉得激动——事实上,他心中很害怕这么做,但是他不会在费丽丝面前承认这个事实。医生表现得就好像他的提议是这个世界上最自然不过的事了。

"你什么时候能拿到那个瓷罐?"费丽丝转向杰克问道。

"明天。"后者有点不情不愿地回答道。

现在他不得不坚持到底了,每天早晨,那个疯狂的喊叫声的记忆都使得他心神不宁,他不得不强行压制下去,除了如今这个提议,他想不到什么别的解决方法能帮助自己。

第二天晚上,他去了叔叔家,带走了那个瓷罐。当再次看到瓷罐时,他更加确信它就是绘在水彩画上的那个,但是仔细审视后,他找不到任何迹象可以表明它的底座中隐藏着什么秘密。

他和拉文顿到达希瑟别墅时已经十一点了。费丽丝在楼上等着他们,不等敲门,她就打开了房门。

"进来吧。"她小声说道,"我父亲在楼上睡着了,我们不能惊醒他。我给你们准备好了咖啡。"

她领着他们进入一间狭小、舒适的客厅。壁炉上面放着一盏酒精灯,她背对着这盏灯,给他们冲泡了气味馥郁的咖啡。

然后杰克从层层包裹中拿出了那个中国瓷器。当费丽丝看到它时,目光就被深深地吸引住了。

"是的,是的,"她急切地喊道,"真的——不管在什么地方我都能认出它。"

同时拉文顿也做好了准备。他把那张小桌上的摆件都移开,把它搬到了屋子中间。围着桌子,他摆了三把椅子。接着,他从杰克那里拿走了那个蓝色瓷罐,把它放在了桌子中央。

"现在,"他说道,"我们准备好了。关上灯,让我们在黑暗中围着桌子坐下。"

其他两人照着他的话做。拉文顿的声音再次在黑暗中响起。

"什么都不要想——或者什么都想。不要强迫自己的意志。我们中间的某人很可能拥有灵媒的力量。如果是这样的话,这个人就会进入一种迷幻状态。记住,什么都不要怕。从我们的心灵中祛除恐惧,自然而然——自然而然——"

他的声音渐渐消逝了,一切归于平静。分分秒秒逝去,那种安静似乎更多地孕育了某些可能。拉文顿说的"祛除恐惧"发挥了效力。杰克不再感到恐惧——但却有些惊惶。他几乎能肯定费丽丝也有同样的感觉。忽然他听到了她的声音,低沉而且充满了恐惧。

"可怕的事情就要发生了。我能感觉到。"

黑暗似乎更加浓重,寂静也似乎更加令人喘不过气来。无法确定的危险越来越近。

杰克感到呼吸越来越困难——窒息——邪恶已经逼近了……

然后,斗争的时刻结束了,他飘走了,顺水漂流——他的嘴唇紧闭——安静——黑暗……

2

杰克渐渐清醒了过来。他的脑袋沉甸甸的——沉重得就像铅块一样。他这是在哪儿?

阳光……小鸟……他躺倒在天空下。

接着他清醒了过来。客厅,那个小房间,费丽丝和医生。究竟发生了什么?

他坐起来,脑袋抽痛,很不舒服。他向四周张望,发现自己躺倒在这幢别墅不远处的一处小灌木丛中。周围没有其他人。他看了看表,让他吃惊的是,竟然已经十二点半了。

杰克挣扎着站了起来,尽可能快地跑向别墅。他们肯定被他无法从昏迷中醒过来的样子吓到了,所以把他抬到了室外。

到达别墅时,他用力叩门。但是没有人回应,没有任何有人存在的迹象。他们肯定是去找人帮忙了。或者——杰克被一阵说不清的恐惧侵袭了。昨天晚上究竟发生了什么?

他尽可能快地返回旅馆。他正打算去前台询问一下,不料被重重击中了肋骨,几乎将他击倒在地。他愤怒地回过身,看到了一位头发银白的老年绅士正在笑着喘气。

"你想不到是我吧,我的孩子。你想不到是我吧,嘿?"他说道。

"怎么会,乔治叔叔,我以为你在很远的地方呢——在意大利的什么地方。"

"噢!但我不在那儿。我昨天晚上到的多佛。我想开车去城里,顺路来看看你。瞧我发现了什么。你一整晚都不在,嘿,好家伙——"

"乔治叔叔,"杰克紧张地看着他,"我有一个最不可思议的故事要告诉你。我敢说你不会相信的。"

"我敢说我不会。"老人笑着答道,"但是你要尽力而为,我的孩子。"

"但是我必须先吃点什么东西。"杰克说,"我饿坏了。"

他去了餐厅,饱餐了一顿之后,向他的叔叔描述了整件事。

"天知道最后他们怎么样了。"他补充道。

他的叔叔看上去快要发怒了。

"那个瓷罐。"他最后喊了出来,"那个蓝色瓷罐!它怎么样了?"

杰克不解地瞪着他叔叔,但是在叔叔铺天盖地的怒吼声中,他开始有点明白过来。

最后他尖叫一声:"明代……唯一的……我的收藏品中的珍宝……至少价值一万英镑——来自霍根海默,那个美国百万富翁——世界上这种器型的瓷罐只有这么一件——该死,你究竟对我的蓝色瓷罐做了些什么?"

杰克迅速从房间里冲了出去。他必须找到拉文顿。坐在服务台边的小姐冷眼看着他。

"拉文顿先生昨晚就离开了——坐车走的。离开的时候他给你留了字条。"

杰克打开字条。上面的话简短却直奔主题。

亲爱的年轻朋友:

超自然的一天结束了吗?不完全是吧——特别是当你用新的科学语言哄骗的时候。来自费丽丝,她病弱的父亲和我的最亲切的问候。我们十二个小时之前已经出发了,应该足够从容离开了。

你永远的,
安布罗斯·拉文顿
灵魂的医生

阿瑟·卡迈克尔爵士的奇特病例

（来自杰出的心理学家爱德华·卡斯泰尔斯·M.D 的笔记）

1

抵达这里的时候，我就清楚地知道，看待这个奇怪的悲剧性事件有两种截然不同的方式。我个人的意见从未动摇过。我被迫把这个故事完整地写下来，而且我确实相信，为了科学，这样奇怪又无法解释的事情也不应该被湮灭和遗忘。

最初是因为我的一个名叫赛特尔的朋友给我发电报，才使我第一次接触到这件事。这封电报提到了一个叫作卡迈克尔的人，而且内容不是很清楚，但是按照它的指示，我坐上了十二点二十分从帕丁顿到赫特福德郡的沃尔登的火车。

我对卡迈克尔这个名字并不陌生。我和沃尔登已故的威廉·卡迈克尔爵士曾是泛泛之交，在这之后的十一年中，我一直没听说过他的任何消息。我知道他有一个儿子，即现在的准男爵，他肯定已长成一个二十三岁左右的年轻人。我隐约记得听到过一些关于威廉爵士第二次婚姻的谣言。但是除了第二任卡迈克尔夫人给我留下的模糊的坏印象之外，我什么也记不起来了。

赛特尔来火车站接我。

"真高兴你能来。"他握着我的手说道。

"没什么。我想这应该是我的专长？"

"正是。"

"一个精神病例，是吗？"我试着问道，"是不是有些不寻常的地方？"

此时我们已经整理好了我的行李，乘上了一辆轻便的双轮马车，朝着大约三英里外的沃尔登驶去。赛特尔好一会儿都没有答话，接着突然大声说道：

"整件事都让人无法理解！那是个年轻人，才二十三岁，从各方面看，都是一个完全正常的人。他讨人喜欢、和蔼可亲，从不傲慢自大，或许不够聪明机敏，但绝对是通常意义上那种英国上流社会的优秀青年。但是一天晚上，他像往常一样就寝，第二天早晨，就变成了那种满乡村游荡的半白痴，连最亲近和最爱的人都不认识了。"

"噢！"我惊呼道，那肯定是个极有意思的案例，"记忆完全丧失？这件事发生在——"

"昨天早晨。八月九日。"

"这其中会不会有——据你所知，任何打击可能引发了这种情况？"

"没有。"

我突然产生了怀疑。

"你是不是隐瞒了什么？"

"不——没有。"

他的犹豫加深了我的怀疑。

"我必须知道所有事情。"

"这跟阿瑟没有什么关系。跟——跟那幢房子有关。"

"跟房子有关。"我惊讶地重复道。

"你已经处理过很多类似的事情了吧，卡斯泰尔斯？你已经'考察'过所谓的鬼屋一类的东西。你对那些东西怎么看？"

"这种案例十有八九是假的。"我回答道，"但是还有第十种——嗯，我碰到过一些现象，从普遍的唯物主义观点来看，它们完全无法解释。我是一个相信超自然事物的人。"

赛特尔点点头。我们正好拐入帕克大门。他用鞭子指着坐落在山坡上的一幢白色低矮建筑。

"就是那所房子。"他说道,"而且——那里面有一些东西,非常古怪——可怕。我们都感觉到了……我不是一个迷信的人……"

"它是以什么形式出现的?"我问道。

他直直地看向前方:"我宁愿你什么都不知道。你知道,如果你……毫无偏见地来到这里……对这些事一无所知……也没看到……嗯……"

"是的。"我说,"最好是这样。但是如果你能稍微向我透露一点关于这个家族的信息的话,我会很高兴。"

"威廉爵士,"赛特尔说道,"结了两次婚。阿瑟是他和第一任妻子的孩子。九年后,他又结婚了,而且现任卡迈克尔夫人是一个有些神秘的女人。她只有一半英国血统,另一半,我猜,是亚洲血统。"

他顿了顿。

"赛特尔。"我说:"你不喜欢卡迈克尔夫人?"

他坦率地承认了。"对,我是不喜欢她。关于她,总是有些神秘的传闻。嗯,继续说,威廉爵士的第二任妻子又生了一个孩子,还是一个男孩,他现在八岁。威廉爵士三年前去世了,阿瑟得到了爵位和田产。他的继母和同父异母的弟弟仍旧跟他一起住在沃尔登。那块田产,我必须告诉你,非常贫瘠。阿瑟爵士的收入几乎都在用来维持它。威廉爵士留给他妻子的钱一年只有几百英镑,但幸运的是,阿瑟爵士跟他的继母相处得很好,也很愿意跟她住在一起。现在——"

"什么?"

"两个月前,阿瑟和一个迷人的姑娘,费丽丝·帕特森订婚了。"他满含深情,压低了声调补充道,"他们本来准备下个月结婚。她现在就住在这儿。你能想象得出她的压力——"

我静静地点点头。

现在,我们离那所房子越来越近了。在我们的右手边,一块绿色的草坪舒缓地铺展开来。突然,我看到了一幅非常迷人的画面。一个年轻姑娘慢慢穿过草坪,朝房子走去。她没戴帽子,阳光照射在她金黄色的秀发上面。她挎着一篮子玫瑰,一只美丽的灰色波斯猫形影不离地跟在她脚边。

我满眼疑问地望着赛特尔。

"那是帕特森小姐。"他说道。

"可怜的姑娘,"我说道,"可怜的姑娘。她和她的玫瑰以及那只灰色猫咪组成了一幅多么美好的图画啊。"

我听到一声微弱的惊叫,赶紧看向了我的朋友。马鞭从他的手指间滑落,他的脸色变得惨白。

"你怎么了?"我问道。

他努力使自己恢复了过来。

又过了一会儿,我们到了。我跟着他走进了一间绿色的会客厅,桌上已经摆好了茶水。

我们走进去时,一个人到中年却风韵犹存的女人起身,向我们伸出了欢迎之手。

"这是我的朋友,卡斯泰尔斯医生,这是卡迈克尔夫人。"

我没法解释当我和这位迷人而高贵的夫人握手时,那种迎面而来的冲击感,她带有赛特尔所说的那种东方式的神秘而又慵懒的优雅。

"很高兴您能来,卡斯泰尔斯医生。"她用一种低沉的音乐般的声音说道,"来帮我们解决这个大麻烦。"

我客套了几句,她把茶递给了我。

几分钟之后,我在外面草坪上看到的那个姑娘走进了屋子。那只猫不再跟着她,但是她手里仍旧挎着那篮玫瑰。赛特尔向她介绍了我,她激动地走到了我跟前。

"噢!卡斯泰尔斯医生,赛特尔已经告诉了我们你的很多经历。我有一种感觉,你能为可怜的阿瑟做点什么。"

帕特森小姐的确是个可爱的姑娘,虽然她的脸颊有点苍白,真诚的眼睛下面还带有黑眼圈。

"我亲爱的年轻女士。"我安抚她道,"你确实不必感到绝望。这种失忆的病例,或者说是第二人格,通常只会持续很短的一段时间。在任何时候,病人都有可能完全恢复他的能力。"

她摇摇头。"我不相信这是什么第二人格,"她说道,"这根本就不是阿瑟。他身上已经没有什么人性了。这不是他,我——"

"费丽丝,亲爱的。"卡迈克尔夫人轻声说道,"这是你的茶。"

她眼中的某些东西制止了这位姑娘,这眼神还向我透露,卡迈克尔夫人对她未来的媳妇没有什么感情可言。

帕特森小姐谢绝了茶水。为了使这次谈话轻松点,我说道:"不给那只小猫咪一碟牛奶吗?"

她十分惊奇地看着我。

"那只——小猫咪?"

"是的,几分钟前跟你在花园里的那只——"

我的话被一记碎裂声打断了。卡迈克尔夫人撞翻了茶壶,热水洒了一地。我赶紧结束了话题,费丽丝·帕特森疑惑地看着赛特尔。他站了起来。

"你现在想要见见你的病人吗,卡斯泰尔斯?"

我立马跟他走了出去,帕特森小姐也跟着我们一起。我们上了楼,赛特尔从他的口袋里拿出一把钥匙。

"他有时候会发病,到处乱窜,"他解释道,"所以我离开这里时,通常会锁上门。"

他把钥匙插进锁眼里,打开门走了进去。

那个年轻人坐在窗户边,夕阳的最后一缕光打在了他的身上,一片金黄。他非常安静地坐着,几乎是缩成一团,身上的每一块肌肉都松弛下来。我最初以为他没有察觉到我们的出现,直到我突然看到,在几乎不动的眼睑下,他一直在密切观察着我们。当他的眼神跟我们交汇的时候,他马上垂下眼去,装作自己什么也没看见。但是,他仍旧纹丝不动。

"来这里,阿瑟。"赛特尔鼓励他道,"帕特森小姐和我的一个朋友来看你了。"

但是这个年轻人还是坐在窗边,只是眨了眨眼。

一两分钟之后,我再次发现他在观察我们——偷偷摸摸地。

"要喝茶吗?"赛特尔问道,嗓音嘹亮,语调快活,好像是在对一个孩子说话。

他座位旁边的桌子上有一满杯牛奶。我惊奇地抬起了眉毛,赛特尔笑了。

"有趣吧,"他说道,"他只肯喝牛奶。"

不一会儿,阿瑟爵士不慌不忙地慢慢松开手脚,从缩成一团的地方缓慢地走向桌子。我忽然发现他的移动几乎悄无声息,他的脚在走动时竟然不发出一丝声响。走到桌子旁边时,他长长地伸了个懒腰,一条腿伸向前方,另一条腿向后蹬。他把这个动作做到了最大限度,接着开始打呵欠。我从来没见过这样的哈欠!

这个哈欠似乎要把他的整张脸都吞下去。

现在他把注意力转到了牛奶身上，他弯下腰去，直到自己的嘴唇能够碰到这些液体。

赛特尔回应了我满是疑问的眼神。

"他根本不会用手。好像回到了原始状态，真是奇怪，不是吗？"

我感到费丽丝·帕特森在我身后颤抖了一下，我把手安抚似的放在她的手臂上。牛奶最终喝完了，阿瑟·卡迈克尔再次伸展自己的腰身，接着又悄无声息地走回了窗户边的座位，一如之前蜷缩起来，朝我们眨着眼睛。

帕特森小姐把我们拽到走廊上。她浑身发抖。

"噢！卡斯泰尔斯医生。"她惊叫道，"这不是他——那个东西不是阿瑟！我能感觉得到——我知道——"

我悲伤地摇了摇头。

"大脑也会开奇怪的玩笑，帕特森小姐。"

我承认自己被这个病例弄得有点晕乎。它显示出了不寻常的特征。虽然我之前并没有见过小卡迈克尔爵士，但是他独特的行走姿态和眨眼的样子让我想起了某些我不太能确定的人或事。

我们的晚餐也吃得相当安静，主要是卡迈克尔夫人和我在说话。当女士们都退席之后，赛特尔询问我对女主人的看法。

"我必须承认，"我说道，"我没有什么理由去讨厌她。你说得很对，她身上有东方血统。而且，我敢说，她拥有一种显著的神秘力量。她身上散发着特殊的魔力。"

赛特尔似乎想要说些什么，但是他思考了一下，只说道："她全心全意地为了自己的小儿子。"

晚餐后，我们又一次坐在那间绿色的会客厅里。大家刚刚喝完咖啡,并百无聊赖地讨论着今天的话题。忽然一只猫在门外喵喵叫起来,没有人注意到它,因为我很喜爱动物,一两分钟后我站了起来。

"我能让这个可怜的小东西进来吗?"我问卡迈克尔夫人。

我想,她的脸色看起来非常苍白,但是她微微晃了晃头。我觉得她默许了,于是我走到门前,打开门,但是外面的走廊上空无一物。

"奇怪了,"我说道,"我发誓我确实听到了一只猫在叫。"

回来坐下以后,我发现他们都在紧张地盯着我。这多多少少让我感到有些不舒服。

我们早早就寝。赛特尔陪我到房间去。

"你需要的东西都拿了吗?"他问我,并向四周看了看。

"是的,谢谢。"

他还是显得局促不安,迟迟不肯离去,好像要跟我说些什么,却不知道如何开口。

"顺便问一句,"我说道,"你说这栋房子里有些神秘的东西?但是它看起来相当正常。"

"你认为这是一栋讨人喜欢的房子吗?"

"目前来看,很难说是这样。很明显,它正处于巨大的悲痛的阴影之下。但是至于任何不正常的影响,我倒应该开一张健康清单。"

"晚安。"赛特尔忽然说道,"做个好梦。"

我确实做梦了。帕特森小姐的灰色猫咪似乎在我的大脑中留下了印象。整个夜晚,我好像都梦到了这只可怜的小动物。

猛然惊醒后,我突然明白为什么这只猫在我心中留下了这么深刻的印象。因为这个小东西一直在我的门外喵喵叫。对着这样的嘈杂声，我自然无法入睡。我点燃一根蜡烛，向门口走去。但是我屋外的小径上什么也没有，虽然这喵喵的叫声还在持续着。我突然想到了一个新主意。这只不幸的小动物肯定是被关在某个地方，出不来了。左边是小径的尽头，就是卡迈克尔夫人的房间。因此我向右走去，但是没走几步，那个叫声又从我的身后传来。我猛然转身，那个声音又传了过来，但这一次它明显是在我的右侧。

某些东西，或许是走廊上的一阵风，使我不禁发起抖来，我赶紧冲回自己的房间。现在一切再次归于寂静，而且我很快又睡着了——醒来的时候，已经是又一个美好明媚的夏日清晨。

穿衣服时，我从窗户向外望去，希望找到昨天扰我清梦的家伙。那只灰色猫咪正慢慢地、悄悄地爬过草坪。我估计，它想要捕捉的目标是不远处那一大群正在梳理羽毛的叽叽喳喳的小鸟。

接着一件非常奇怪的事情发生了。那只猫径直爬过去，穿过了那群鸟，它的毛几乎从鸟儿们身上扫过——但是小鸟并没有被吓走。我实在想不明白——这事看起来非常不可思议。

它在我的心中留下了如此深刻的印象，以至于在用早餐时，我忍不住说了出来。

"你知道吗，"我对卡迈克尔夫人说道，"你养了一只不同寻常的猫？"

我听到了杯子落在碟子上的清脆响声，接着我看到费丽丝·帕特森，嘴巴大张，呼吸急促，并热切地看着我。

好一会儿大家都很安静，然后卡迈克尔夫人用一种明显不友善的态度说道："我想你一定是弄错了。这里没有猫。我从来没养过猫。"

显然是触到了一个雷区，于是我赶紧转换话题。

但是这事依旧让我疑惑。为什么卡迈克尔夫人宣称这所房子里没有猫呢?或许那猫是帕特森小姐的,其行迹被房子的女主人隐藏了?卡迈克尔夫人或许对猫有一种奇怪的厌恶,这种厌恶如今很常见。这些猜想很难说是合理的解释,但是我强迫自己暂时满足于此。

我们的病人病情依旧。这次我对他做了一个全面检查,而且较之前天晚上,我进行了更加仔细的研究。我建议,他应该尽量花时间和家人待在一起。我不仅希望通过解除对他的看守来获得一次更好的观察机会,还希望能用日常生活唤醒他的一些认知。但是他的行为仍旧没有什么变化。他安静驯服,脑中似乎一片空白,但是事实上,他在认真地窥视着一切。还有一件事让我有些吃惊,就是他对自己的继母有着强烈的情感依赖。他完全忽略了帕特森小姐,但总是试图依傍在卡迈克尔夫人身边。还有一次,我看到他用自己的脑袋轻蹭她的肩膀,神情里满是爱意。

我很担忧他的病情。我感觉到整件事中有某些线索,但是它们都离我远远的,抓不着,猜不透。

"这真是个非常怪异的病例。"我对赛特尔说道。

"是的,"他回道,"非常富于——暗示性。"

我想,他在偷偷观察我。

"告诉我,"他说道,"他没有——让你回想起什么事吗?"

"让我想起什么?"我问。

他摇摇头。

"或许这是我的幻觉,"他嘟囔道,"仅仅是幻觉。"

对于这件事,他没再说些什么。

总之,这件事围绕着很多秘密。我依旧迷失在那种困惑的感觉之中,我觉得自己已经错过了那条能说明真相的线索。而且即便是那些最不重要的事实也同样充满秘密。我指的就是那只灰色猫咪。不知出于什么原因,这个小东西让我感到不安。我梦到了它——我不停地幻想自己听到它在叫。时不时地,我还能在远处瞥见这只可爱美丽的小动物。与它有关的秘密使我极度烦躁。一天下午,我忽然想到或许应该去男仆那里打听点消息。

"你能告诉我一些——"我说道,"有关我看到的那只猫的事吗?"

"先生,那只猫?"他惊奇而又礼貌地问道。

"这里是不是——是不是——养着一只猫?"

"夫人曾养过一只。一只大猫。尽管她不得不扔了它。真是遗憾,它是那么漂亮。"

"一只灰猫?"我慢慢问道。

"是的,先生。一只波斯猫。"

"你说它死了?"

"是的,先生。"

"你确定它死了吗?"

"噢!相当确定,先生。夫人不愿意把它送到兽医那里——但是她自己处理了它。大概是一周之前吧。它就被埋在那棵紫叶山毛榉树下,先生。"男仆走出了房间,留下我在房间里独自沉思。

为什么卡迈克尔夫人坚称她从来没养过猫呢?

我从直觉上感到这只微不足道的猫在整件事中有着某种重要的意义。我找到了赛特尔,把他拽到一旁。

"赛特尔,"我说,"我要问你个问题。你是否在这栋房子里看到过一只猫或者听到过它的叫声?"

他似乎对这个问题一点都不感到惊奇,而且好像早就希望我问似的。

"我听到过,"他说道,"但没看见过。"

"但是第一天,"我惊叫道,"它就在草坪上,跟帕特森小姐在一起!"

他定定地看着我。

"我只看到帕特森小姐穿过草坪,其他什么都没看见。"

我开始明白了。"那么,"我说道,"那只猫——"

他点点头:"我希望看看,你——不带偏见——是否能听到我们听见的一切……"

"那么你们都听到了它的叫声?"

他再次点点头。

"真是奇怪,"我若有所思地嘟囔道,"我之前从未听闻这个地方有猫的灵魂出没。"

我告诉他,我从那个男仆那里打听到的消息,他也感到很惊讶。

"这我倒没听说过。我不知道。"

"但是这意味着什么?"我无助地问道。

他摇摇头:"天知道!但是我告诉你,卡迈克尔夫人——我恐怕,这个——小东西的声音听起来——像是威胁。"

"威胁?"我尖叫道,"威胁谁?"

他摊开双手:"我不能说。"

直到晚餐的时候,我才明白他话中的意思。我们坐在绿色的会客厅里,就如我刚到那天一样,事情又发生了——一只猫在门外一直大声地喵喵叫。但是这一次它的叫声中明显满是怒气——凶猛的号叫声,声音拉得老长,充斥着恐吓意味。停止号叫后,它开始凶狠地抓挠门外的铜把手。

赛特尔吓得站了起来。

"我发誓那是真的。"他惊叫道。

他冲向门口,猛地打开了门。

外面什么也没有。

他皱着眉返身回来。费丽丝脸色苍白,浑身颤抖,卡迈克尔夫人的脸色也如死一般惨白。只有阿瑟,像个孩子一样心满意足地蹲着,脑袋蹭着他继母的膝盖,看上去情绪平稳,不为所动。

帕特森小姐把她的手放在我的臂弯里,与我一起走上楼去。

"噢!卡斯泰尔斯医生,"她惊叫道,"那是什么?那意味着什么?"

"我们也不知道,亲爱的小姐。"我说道,"但是我会去调查。不过你不必害怕。我确信对你来说,这没有什么危险。"

她充满疑虑地看着我:"你真的这么想吗?"

"我确信。"我坚定地回答道。我记得那只灰色猫咪围绕在她脚边的可爱样子,毫无疑问,威胁不是针对她的。

我不知不觉地睡去,但是就在我快要进入梦乡时,突然被一阵恐惧的感觉惊醒了。我听到了一阵抓挠声,就好像什么东西被凶狠地撕裂拉扯一样。我跳下床,冲向小径。与此同时,赛特尔也从对面的房间猛冲出来。第二次声响是从我们左侧传来的。

"你听到了吗,卡斯泰尔斯?"他惊叫道,"你听到了吗?"

我们迅速走到卡迈克尔夫人门前,身边没有任何东西经过,但是那个声音停住了。蜡烛在卡迈克尔夫人房间光滑的门板上茫然地闪烁着。我们互相对视了一眼。

"你知道那是什么吗?"他小声耳语道。

我点点头。"一只猫在用爪子撕扯着什么东西。"我微微颤抖了一下。忽然我惊叫一声,放低了蜡烛。

"看这里，赛特尔。"

靠墙放着一张椅子，椅子的表面被撕扯成了长条……

我们仔细查看了一下。他看了看我，我点点头。

"猫爪子留下的。"他说道，深深地吸了口气，"毫无疑问。"他的眼睛从椅子移到了那扇紧闭的门上，"这就是它想要威胁的人。卡迈克尔夫人！"

那天晚上，我再也无法入睡。事情已经到了必须采取行动的地步。据我所知，只有一个人是眼下情形的关键所在。我猜想卡迈克尔夫人知道的东西比她告诉我们的要多。

第二天早上，她下楼的时候，脸色死一般的惨白。她一直在摆弄着自己盘子里的食物。我肯定只有钢铁般的意志才没使她崩溃。早餐结束后，我开门见山地问了她一些问题。

"卡迈克尔夫人，"我说道，"我有理由相信你处在极端危险的境遇中。"

"是吗？"她毫不在意地问道。

"危险就在这栋房子里，"我继续说，"一个小东西——一个鬼魂——它很明显对你十分仇视。"

"一派胡言，"她轻蔑地说道，"我才不相信这一类垃圾。"

"你房间外的那把椅子，"我冷冷地说，"昨晚上被撕扯成了碎片。"

"是吗？"她抬抬眉毛，装作吃惊的样子，但是我看得出她知道所有的事情，"一些愚蠢的恶作剧罢了，我猜想。"

"不是这样，"我怀着某种感觉说道，"我希望你告诉我——为了你自己——"我顿了顿。

"告诉你什么？"她问我。

"任何有启发意义的事情。"我郑重地说道。

她笑了起来。

"我什么也不知道,"她说道,"什么也不知道。"

看来,任何危险的警告都无法诱使她松口。虽然我确信她比我们任何人知道的都要多,而且掌握着这件事的某些线索,而我们却对这些线索一无所知。但是我看得出来,想让她开口是不可能了。

我决定,无论如何,要采取一切力所能及的预防措施,因为我坚信她正处于一种极其真实且即将降临的危险之中。晚上在她回房间之前,赛特尔和我对她的房间做了一次彻底的检查。我们一致决定轮流在那条小径上监视这间屋子。

首先是我值守,前半夜什么事也没有发生,赛特尔在三点钟时接替了我。由于前一晚一夜无眠,所以我立马就睡着了。我做了一个非常奇怪的梦。

我梦到一只灰色猫咪蹲在我的床边,眼睛死死地盯着我,眼神中充满着一种奇怪的哀求之色。接着,我知道这个小东西想要我跟着它走。我照做了,它带我走下长长的楼梯,来到房子右侧一间明显是书房的屋子里。它在房间的一侧止步,抬起爪子,放到了一本书上,接着它再一次看着我,眼神里充满了恳求。

接着——那只猫和书房都消失了,我醒来时发现已是早晨。

赛特尔值守的那段时间,也没有发生什么事情,但是他对我的梦境很感兴趣。在我的要求下,他领我去了那间书房,巧合的是,这里的每个物件都和我梦境中的一样。我甚至能指出那只猫带着悲伤的眼神看向我的确切位置。

我们站在那里,头脑混乱,默然无声。突然我想到了一个主意,我俯身去看那个位置上图书的书名。我注意到那排书的中间有一个空缺。

"这里有本书被拿走了。"我对赛特尔说道。

他也俯身看向书架。

"喂,"他说道,"这里有一枚钉子,它从那本丢失的书上扯下了一小块碎片。"

他从钉子上小心地解下那块碎片。它只有一英寸大小,但是上面印着几个意味深长的字:"那只猫……"

"这东西让我脊背发凉,"赛特尔说道,"真是又恐怖又神秘。"

"我必须知道一切。"我说道,"这里丢失的书到底是什么?你能想到什么办法帮我找回它吗?"

"可能在什么地方会有目录。或许卡迈克尔夫人——"

我摇摇头。

"卡迈克尔夫人什么也不会告诉我们的。"

"你这样想吗?"

"我能肯定。当我们还在黑暗中猜测和摸索的时候,卡迈克尔夫人就已经知晓一切。出于某种原因,她不愿透露任何消息。与打破平静的局面相比,她更愿意选择冒险。"

这一天过得风平浪静,这让我想起了风暴来临前的宁静。而且我还有一种奇怪的感觉,就是这个问题很快就能得到解决。我一直在黑暗中摸索,但是很快就能见到光明。事实就摆在那儿,早已经准备好,等着一道微小的灵光将它们联系起来,从而显现出原有的重要性。

它的确发生了!以一种奇怪的方式!

那时,我们像往常一样,晚饭后一起坐在绿色会客厅里。大家都沉默不语。房间里真的非常安静,这时一只小耗子穿过地板——就在那一刻,一件事发生了。

阿瑟突然从椅子上跳下来,身体弯得就像一张弓,他追踪着那只耗子。耗子在护墙板后消失了,他就蹲在那里——盯着——他的身体仍然在剧烈地颤抖。

真是太恐怖了!我从来没有见过如此令人震惊的时刻。我不再怀疑阿瑟那警觉的眼神和轻巧无声的步子所让我想起的事情。那个解释在我脑中一闪而过,如此蛮横,如此不可思议,令人难以置信。因为这不可能,我试图抗拒它——难以想象!但是我无法把它驱除出我的脑海。

我几乎想不起接下来发生了些什么。整件事看起来是那样模糊不清和不真实。我只记得我们上了楼,互相简短地道了晚安,彼此都不敢直视对方的眼睛,以免从中看到自己的恐惧。

赛特尔主动要求第一个在卡迈克尔夫人的门前值守,并约好三点时叫我换班。我并不害怕卡迈克尔夫人;我相信我幻想出来的理论是不可能的。我告诉自己那不可能——但是思绪总是被引到这一念头上。

然后,夜晚的宁静突然被打破了。赛特尔的声音在大喊,他在呼叫我。我冲到了走廊上。

他正在使尽全身力气捶打、撞击卡迈克尔夫人的房门。

"恶魔要来带走这个女人了!"他惊叫道,"她被锁在了里面。"

"但是——"

"它就在里面,真的!跟她一起!你听不到吗?"

从锁着的门后,传来了一阵悠长、激烈的猫叫声,接着是一声恐怖凄厉的尖叫——另一个……我听出那是卡迈克尔夫人的声音。

"那扇门!"我大叫道,"我们必须撞开它。再过一分钟一切都晚了。"

我们使尽全身力气用肩膀撞门。门突然被撞开了——我们差点儿摔在地上。

卡迈克尔夫人浑身是血地躺在床上。我从未见过如此恐怖的场面。她的心脏还在跳动,但是她受伤极其严重,喉咙上的皮肤都被抓破了……我颤抖着,低声说道:"猫的爪印……"一阵因迷信的恐惧而产生的颤抖传遍我的全身。

我给受伤的卡迈克尔夫人穿上衣服并仔细地包扎好她的伤口,然后建议赛特尔不要将这次受伤的确切情形向外透露,特别是对帕特森小姐。我拍了一封电报去请医院的护士,并等邮局一开门就尽快将其发了出去。

清晨的阳光射进窗户。透过窗户,我望向了下面的草坪。

"穿上衣服,跟我出去。"我忽然对赛特尔说道,"卡迈克尔夫人现在没事了。"他很快就收拾好,和我一起来到了外面的花园里。

"我们要做什么?"

"挖出那只猫的尸体,"我简短地说道,"我必须确认——"

我从工具箱里找到了一把铁锹,在紫叶山毛榉树下,我们开始动手。最后我们的挖掘工作收到了回报。那不是一件轻松愉快的事,那只小动物已经死去一周了。但是我看到了我想要看到的东西。

"就是那只猫,"我说道,"跟我第一天来这里时偶然看到的那只一模一样。"赛特尔吸了吸鼻子,仍然闻得到一般苦杏仁的味道。

"氢氰酸。"他说道。

我点点头。

"你在想什么?"他疑惑地问道。

"和你想的一样!"

我的推测对他来说并不新鲜——这种想法也曾掠过他的脑海,我看得出来。

"这不可能!"他嘟囔道,"不可能!这违反科学——自然界所有的东西……"他的声音抖得结结巴巴。"昨晚的那只耗子,"他说道,"但是——噢!这不可能!"

"卡迈克尔夫人,"我说道,"是一个非常奇怪的女人。她拥有神秘的力量——催眠的力量。她的祖先来自东方。我们怎能想到,她会用这种力量去对付阿瑟·卡迈克尔这样一个虚弱、讨人喜欢的青年呢?而且你要记住,赛特尔,如果阿瑟·卡迈克尔成了一个没有希望的低能儿,并忠诚于她,那么所有的财产都会属于她和她的儿子——你告诉过我她十分喜爱她的小儿子。而且阿瑟即将成婚!"

"但是,卡斯泰尔斯,我们要做些什么呢?"

"我们什么也做不了,"我说道,"只能尽全力隔绝卡迈克尔夫人和那个复仇者。"

卡迈克尔夫人慢慢地恢复了。她的伤口如期痊愈——但那可怕的伤痕恐怕要伴随她的一生了。

我从未感到如此无助。能够击败我们的力量是那样强大,不可战胜,虽然现在它暂时平静了下来,但我们依旧认为它在韬光养晦。我决定必须要做一件事:等到卡迈克尔夫人能够走路之后,尽快让她离开沃尔登。这是仅有的一个或许能让她逃离这个恐怖鬼魂的机会。日子一天天过去了。

我将卡迈克尔夫人离开的时间定在九月十八日。但就在十四日的早晨,难以预料的危险发生了。

当我在书房和赛特尔讨论卡迈克尔夫人的病情细节时,一位情绪失控的女仆突然冲进了房间。

"噢！先生，"她惊叫道，"快点！阿瑟先生——他掉进了池塘里。他上了那条方头浅平底船，那船晃了起来，他失去平衡，掉进了水里！我从窗户看到的。"

我毫不迟疑，跟随赛特尔径直跑出了房间。费丽丝就在外面，听到了仆人的讲述。她也跟我们一起跑了过去。

"不必害怕，"她惊叫道，"阿瑟是一名出色的游泳健将。"

但我还是有一种不祥的预感，于是加快了步伐。池塘的水面很平静。那只空荡荡的平底船慵懒地摇晃着——但是却不见阿瑟的影子。

赛特尔脱下衣服和靴子。"我跳进去，"他说道，"你在另一条平底船上，用钩竿四处捞捞。这池塘的水不是很深。"

似乎很长一段时间过去了，我们的搜寻仍一无所获。时间在一分一秒流逝。接着，就在绝望之时，我们发现了他，阿瑟那显然已没有生命体征的身体被冲到了岸上。

我一辈子也忘不了，费丽丝那充满无助和绝望的痛苦脸庞。

"不会的——不会的——"她的嘴唇不肯吐出那个可怕的字眼。

"不，不，亲爱的！"我叫道，"我们能把他救回来，别害怕。"

但是我心里觉得希望已经很渺茫了。他已经溺水半个小时。我要赛特尔去房子里取热毛毯和其他一些急救必备的东西，接着我开始给他做人工呼吸。

我们尽心尽力地施救了一个小时，但是他仍然没有什么生命体征。我让赛特尔接替我的位置，然后走向费丽丝。

"我恐怕，"我轻轻地说，"情况不大好。阿瑟已经无力回天了。"

她呆愣了一小会儿,接着忽然扑到了阿瑟没有生命体征的身体上。

"阿瑟!"她绝望地大叫着,"阿瑟!快回到我身边!阿瑟——回来——回来!"

她的声音在一片寂静中回响。突然我碰了碰阿瑟的胳膊。"看哪!"我说。

一丝浅浅的红晕浮现在那个溺水的人的脸庞上。我感觉到了他的心跳。

"继续做人工呼吸,"我大叫道,"他就要醒过来了。"

时间似乎在飞速流逝。很快他睁开了眼睛。

接着我突然感到有些异样。那是一双充满智慧的眼睛,人类的眼睛……

阿瑟的目光停留在费丽丝身上。

"嘿!费丽丝,"他虚弱地说道,"是你吗?我以为你明天才能来。"

她仍然难以相信,说不出话,但是满脸微笑地看着他。他困惑地四处张望。

"但是,我说,我在哪儿?而且——我感到好虚弱!我怎么了?嘿,赛特尔医生!"

"你刚才差点溺死——这就是所发生的事。"赛特尔严肃地回应道。

阿瑟爵士做了一个鬼脸。

"我经常听人说,有些事回想起来会让人后怕!但这是怎么发生的?我是在走路的时候睡着了吗?"

赛特尔摇摇头。

"我们必须把他扶到房子里去。"我说道,并向前走去。

他盯着我,费丽丝做了介绍:"这是卡斯泰尔斯医生,他一直待在这儿。"

我们一左一右搀着他,朝房子走去。他忽然抬起头,好像被某个想法吓了一跳。

"我说,医生,你们不会一直让我休息到十二号吧?"

"十二号?"我慢慢说道,"你是说八月十二号?"

"是的——下周五。"

"今天是九月十四号。"赛特尔打断他。他的疑惑再明显不过了。

"但是——但是我以为今天是八月八号呢?我一定是病了吧?"

费丽丝迅速柔声插话进来。

"是的,"她说道,"你病得很严重。"

他皱眉说道:"我没法理解。昨晚睡觉的时候我还好好的呢——当然了,那至少不真的是昨天晚上。不过我做梦了,我记得,梦到……"他眉头紧锁,费力回忆着,"一些东西……是什么呢?一些可怕的东西……某个人对我做了可怕的事情……而且我感到很愤怒……绝望……接着我梦到了自己变成了一只猫——是的,一只猫!有趣极了,不是吗?但这不是一个有趣的梦。它更多的是有点——恐怖!但是我记不清了。当我想起这些的时候,它就消失了。"

我把手搭在他的肩膀上,"不要想太多了,阿瑟爵士,"我郑重地对他说道,"放松点,都忘了吧。"

他用疑惑的眼神看着我并点点头。我听到费丽丝松了一口气。我们来到大门口。

"顺便问一声,"阿瑟爵士忽然说道,"妈妈在哪儿?"

"她也——病了。"迟疑了一会儿,费丽丝说道。

"噢!可怜的妈妈!"他的声音里满是担心,"她在哪儿?在她的房间里吗?"

"是的,"我说道,"但你最好还是不要打搅——"

话在我嘴边停住了。会客厅的门被打开了,卡迈克尔夫人,披着睡袍,出现在大厅里。

她的眼睛紧盯着阿瑟,如果说我曾经看到过这种完全因内疚的打击而产生的恐惧的话,那就是这一刻。她的脸已经没有人样,满是狂乱的恐惧。她的手掐在了喉咙上。

阿瑟带着孩子般的爱走向了她。

"嘿,妈妈!你也被我弄醒了吗?我说,我真是感到抱歉。"

她在他面前不断后退,瞳孔在放大。接着,突然,她发出一声濒死的惨叫,向后躺倒在开着的门前。

我迅速冲过去,弯下腰来,然后招来了赛特尔。

"快,"我说道,"快把他带到楼上去,然后再下来。卡迈克尔夫人死了。"

几分钟后他回来了。

"这是怎么了?"他问道,"什么原因造成的?"

"惊吓,"我严肃地说,"当她看到阿瑟·卡迈克尔的时候所受到的惊吓,生命又复活了!或者说我们能称它为——我宁愿说是——上帝的审判!"

"你指的是——"他迟疑了一下。

我看着他,他明白了我的意思。

"一命换一命。"我意味深长地说。

"但是——"

"噢！我知道是一个奇怪的难以预料的意外，让阿瑟·卡迈克尔的灵魂回到了他的身体上。但是，不管怎么说，阿瑟·卡迈克尔还是被谋杀了。"

他带着些许恐惧看着我。"用氢氰酸吗？"他低声问道。

"是的，"我回答道，"是氢氰酸。"

2

赛特尔和我永远不会把我们所知道的说出去，说出去也没人会相信。从正统的观点来说，阿瑟·卡迈克尔只是患上了失忆症，卡迈克尔夫人则是因为狂躁的一时发作而划破了自己的喉咙，而那只灰色猫咪的鬼魂，只不过是幻想罢了。

但是在我心中，这里面有两个事实是无法避开的。一个是走廊上被撕破的椅子。另一个意义更为重大。书房里的书目被找了出来，在我们仔细阅读后，证实那本遗失的书是一本古老诡异的专著，上面讲的是如何将人变成动物！

还有一件事情。我很高兴阿瑟对此毫不知情。费丽丝把过去几周里发生的秘密都深埋心中，而且，我能肯定，她不会把这些事透露给她深爱的丈夫，而他，正是在她的呼喊中，跨过了死亡之门。

翅膀的召唤

1

塞拉斯·哈默尔在十二月一个狂风大作的夜晚,第一次听闻了这个故事。当时他和迪克·博罗从精神病专家伯纳德·塞尔登主办的晚宴上归来。博罗与往日不同,一直沉默不语,塞拉斯·哈默尔带着些许好奇问他在想些什么。博罗的回答出人意料。

"我在想,今晚所有的人中,只有两个人能称得上是快乐的。而且这两个人,很奇怪,就是你和我。"

"奇怪"这个词用得相当贴切,因为再没有其他的两个人能像理查德·博罗[①]和塞拉斯·哈默尔那样差异巨大,前者是一个工作狂似的东方人,后者则是一位圆滑、自满的人,百万英镑对他来说也不过是区区小事。

"很奇怪,你知道,"博罗感叹道,"我相信,你是我至今遇到过的唯一感到满足的百万富翁。"

哈默尔缄默了一会儿。再次开口时,他的语调变了。

"我曾经是一个悲惨寒碜的小报童。我想要的——就是我现在所拥有的!——是金钱带来的舒适和奢华,而不是金钱本身的力量。我渴望金钱,不是将它视为一种强力来驱使,而只是想随心所欲地挥霍!我对此毫不掩饰,你知道。人们说,金钱买不到所有的东西。这没错。但是它能买到任何我想要的东西——因

[①] 上文的 Dick(迪克)是 Richard(理查德)的昵称。

此，我很满足。我是一个物质主义者，博罗，彻头彻尾的物质主义者。"

宽阔的街道上闪烁的华灯更加坚定了这个信念。塞拉斯·哈默尔阔气的身形包裹在厚重的毛皮衬里大衣里，略显臃肿。在白色灯光的照耀下，他下巴下面那一圈肥肉更加明显。与他形成对比的是一起步行的迪克·博罗，他有一张瘦削的苦行者的脸庞，还有一双沉醉于幻想的狂热眼睛。

"你，"哈默尔强调道，"正是我所不能理解的。"

博罗笑了起来。

"我活在悲惨、欲望和饥饿——以及所有的肉体病痛中！但是一种压倒一切的幻象支配了我。除非你也相信幻象，不然你很难理解这一切，我想你不会相信的。"

"我不相信，"塞拉斯·哈默尔冷淡地说，"除非是我看到、听到或触摸到的东西，别的我都不相信。"

"确实，这就是我们之间的不同之处。好的，再见，现在就让大地将我吞没吧。"

他们已经抵达灯光闪烁的地铁站，博罗的家就位于地铁沿线。

哈默尔踽踽独行。他很高兴自己今晚没有选择坐车而是走回了家。晚间的空气严寒刺骨，他愉快地感觉到自己毛皮衬里大衣里渐渐滋生出的暖意。

过马路之前，他在路缘石上稍稍等了一会儿。一辆大巴士朝他猛开过来。哈默尔觉得时间多得是，于是就静待巴士开过去。如果他想赶在巴士之前穿过街道的话，他就要加快步伐——但是他厌恶匆匆忙忙。

在他身旁，一个无家可归的穷人犹如醉酒般滚出人行道。哈默尔大叫一声,巴士也试图避开他,接着——他呆愣在那儿,缓缓地从惊恐中恢复过来,只看到马路中间有一堆没有生命的残肢碎体。

一大堆人看戏似的拥过来,中间是两位警察和那个巴士司机。但是哈默尔的眼睛还是一直恐惧地盯着那堆毫无生命气息的碎块——这堆碎块,之前还是个人——一个跟自己一样的人!他不禁颤抖起来。

"这家伙肯定是瞎了眼,"他旁边的一个长相粗鲁的男人说道,"已经无力回天了,无论做什么这个人都已经完蛋了。"

哈默尔盯着他。坦诚来说,他从未想过这个男人或许能通过什么方法被救过来。现在他发现这个想法很荒唐。如果他也那么愚蠢,或许此刻……他的思路突然被打断,他脱离了人群。他感到自己在发抖,带着一种无法形容又无法压制的惊恐。他不得不承认自己觉得害怕——极端恐惧——死亡……死亡来临时是如此迅捷,如此残酷无情,对于富人和穷人并无二致……

他加快步伐,但是新的恐惧仍然环绕在他周围,用冷酷无情的魔掌笼罩着他。

他怀疑自己,因为他知道他的本性并非如此懦弱胆怯。五年前,他一度思考过,那种恐惧是无法将他击败的。因为那时,生活对他来说还不是如此美妙……是的,就是那样;对生活的热爱是解开秘密的钥匙。生活向他展示了最大的乐趣;但是它只有一种威胁——死亡,那个毁灭者!

他离开了灯光闪烁的大街,走入一条狭窄的巷子。巷子夹在两道高墙之间,是一条通往广场的捷径,那里因其艺术收藏而闻名,也正是他家所在之处。

街道上的嘈杂声在他的身后渐渐隐去,他现在能听到的就是自己轻柔的啪啪的脚步声。

接着在前方的昏暗之处，传来了另一阵声音。一个男人靠墙坐着，正在吹奏长笛。当然他也是众多街头艺人中的一员，但是他为何会选这样一个地方？晚上这个时间点，警察——哈默尔的思路被打断了，他猛然意识到这个男人没有腿。在他身旁的墙边倚靠着一副拐杖。哈默尔现在看到他所吹奏的不是长笛而是一种奇怪的乐器，它的音调比长笛要高，声音也清澈许多。

这个男人继续吹奏着。他没有留意到哈默尔的靠近。他的头靠向自己的肩膀，似乎迷醉于自己的音乐之中，乐音越来越清晰而欢乐，音调变得越来越高……

这真是一首奇怪的乐曲——严格说来，它根本就不是乐曲，只是某个单独的片段，稍微有点像《黎恩济》①中演奏的悠扬的小提琴曲。片段不断重复着，从一个调子到另一个调子，从一种和弦到另一种和弦，但是音调每一次都在升高，且变得更强，从而达到一种更为无拘无束的自由状态。

这不像哈默尔听到过的任何音乐。它里面包含着一些奇怪的东西，还能启发人——并振奋人心……它……他用双手紧抓着身后墙上的一个凸起物。他现在只关心一件事——他必须压制住——不惜任何代价压制住……

他忽然意识到音乐停了。那个失去腿的男人正在够自己的拐杖。而他，赛拉斯·哈默尔，就像一个疯子般抓着拱壁，只因为他脑海中那个无比荒谬可笑的想法——表面看来无比荒谬！——他从地面飘了起来，那段音乐带着他飞向天空……

---

① *Rienzi*，《黎恩济》是一部五幕悲剧，由德国作曲家、剧作家理查德·瓦格纳（Richard Wagner，1813—1883年）创作的歌剧作品。故事叙述了十四世纪中叶的罗马护民官黎恩济率众反抗贵族们的暴虐使罗马市民恢复自由，却由于妹妹跟青年贵族的恋爱和别的因素，受到市民误解而被杀，结果罗马市民的自由也随之丧失。

他笑了。这完全是一个疯狂的想法！当然，他的脚一刻也没有离开过地面，但那是一种怎样奇怪的幻觉啊！木质拐杖敲击在地面上的声音告诉他那个失去双腿的男人已经走远了。他的目光一直追随，直到那个男人的影子被黑暗吞没。一个多么古怪的家伙！

他继续慢慢地走着；他无法从脑海中抹去那种地面好像从脚底消失般的奇怪感觉……

接着他忽然一时兴起，返身匆匆追向那个男人离开的方向。那个男人肯定走不了多远——他很快就能追上。

当他看到那个蹒跚前行的残缺身影时，他忍不住叫了出来。

"噢！等等。"

那个男人站住了，静静立在那儿，直到哈默尔来到他跟前。一盏路灯就在头顶上，照亮了他的容貌。塞拉斯·哈默尔不由得屏住了呼吸。他从未见过有人拥有如此俊美的脸庞。他看上去年纪不大；虽然他肯定不是一个小孩，然而年轻仍是他的最大特征——年轻而且充满了活力。

哈默尔不知如何开口。

"呃，"他尴尬地说道，"我想知道你刚才演奏的是什么音乐？"

那个男人笑了起来……在他微笑的映衬下，世界似乎忽然满溢着欢欣。

"这是一首古老的调子——非常古老……很多年前——几个世纪以前。"

他用一种奇怪的纯净而又清晰的声调说话，每一个音节都用相等的调值发音。很明显他不是英国人，哈默尔对他的国籍产生了疑问。

"你不是英国人?你从哪里来?"

那个人又浮现出欢愉的微笑。

"我从大海的另一边来,先生。我来了——很久很久了——很久很久之前就来了。"

"你肯定有过什么不幸的遭遇。是最近发生的吗?"

"就在不久之前,先生。"

"失去双腿真是太不幸了。"

"还行,"那个男人沉静地说道,他带着一种奇怪又庄严的眼神看着哈默尔,"它们是邪恶的。"

哈默尔把一先令塞到他手里,转身离去。他很困惑,又有点小小的忧虑。"它们是邪恶的!"这种说法多么奇怪啊!显然,他是因为某种疾患才不得已做了手术,但是——这听起来太古怪了。

哈默尔若有所思地回到了家。他想要把这次偶遇从自己的头脑中抹去,但是徒劳无功。躺在床上,困倦的感觉慢慢袭来,他听到邻居的时钟敲了一下,非常清晰洪亮,之后是一片寂静——这种寂静被一种微弱而熟悉的声音打破了……记忆蹦了出来。哈默尔感觉他的心脏跳动得极快。正是那个在夹道上吹奏的男人,在不远处的某个地方……

乐曲轻快地向他传来,悠扬的曲调在欢欣地倾诉,同一个片段在心头萦绕。"真是奇怪,"哈默尔喃喃道,"奇怪啊,它好像拥有一双翅膀……"

声音越来越清楚,声调越来越高昂——每一个音波都超越了上一个,而且会带着他向上飞。这次他没有挣扎,而是任由自己飞翔……往上……往上……音波带着他越飞越高……得意扬扬、自由自在,它们涌了过来。

越来越高……它们现在已经超过人类音域的极限，但是仍在继续——飞升，一直上升……它们会抵达最终目标，到达音高的极致吗？

飞升……

不知什么东西在拉扯他——拉扯他向下。是一些庞大、沉重、固执的东西，它们冷酷地拉扯着他——拉他回来，并且向下沉……向下……

他躺在床上，盯着对面的窗户。接着，他痛苦地喘着粗气，从床上伸出了一只胳膊。刚才的行动貌似给他带来了某种负担。柔软的床压抑着他，窗户上厚重的帘子，遮挡住外面的光线，阻碍了空气的流通，也让人感到压抑万分。头上的天花板似乎也压得他难受。他觉得情绪很低沉，还有点窒息。他在床单上轻轻翻滚着，身体的重量似乎是这一切中最让他感到压抑的……

2

"我需要你的建议，塞尔登。"

塞尔登把椅子拉离桌子大约一英寸。他一直在纳闷这次秘密晚餐的主题是什么。从入冬以来，他就极少见到哈默尔了，今晚，他意识到他的朋友身上发生了一些难以名状的变化。

"就是这样，"这位百万富翁说道，"我很为我自己担心。"

塞尔登在桌对面笑了起来。

"你看起来很健康。"

"不是那样。"哈默尔停顿了一下，接着平静地补充道，"我恐怕就要疯了。"

这位精神病学专家忽然怀着强烈的兴趣抬头看他。他优雅地给自己斟了一杯波尔多红酒,接着安静但敏锐地盯着对方说:"是什么让你产生这样的想法?"

"我遇到了一些事情。一些难以解释、不可思议的事情。它不可能是真的,所以我一定快要疯了。"

"放轻松,"塞尔登说道,"告诉我是什么事。"

"我不相信超自然的力量,"哈默尔说道,"从不。但是这件事……嗯,我最好从头讲起。它发生在去年冬天的一个夜晚,就是我跟你一起用餐之后。"

接着,他简明扼要地把他步行回家的经过以及奇怪的结局叙述了一遍。

"这就是整件事的开端。我无法恰当地做出解释——那种感觉,我的意思是——但是它美妙极了!不像任何其他我曾感受过或是梦到过的东西。嗯,从那之后,它一直出现。不是每个晚上,只是时不时地。那音乐,那种激动人心的感觉,还有翱翔天空……接着是可怕的拉扯,那种要把我拉回地面的力量,之后是疼痛,当我醒来时,那种切切实实的身体上的疼痛,就像是从高山上跌落一样——你知道跌落时耳朵遭受的疼痛吗?嗯,就是那么一回事,但是更加强烈,还有可怕的压抑感——被包围,快窒息的感觉……"

他打住,停顿了一会儿。

"仆人们都认为我疯了。我无法忍受房顶和墙壁——我在房子顶部安排了一间屋子,朝向天空,没有家具、地毯,或是其他任何令人感到压抑的东西……但是即便这样,周围的房屋还是让人感觉糟糕透顶。我需要空旷的郊野,那些人可以畅快呼吸的地方……"他看向塞尔登,"嗯,你说什么?你能解释它吗?"

"呃,"塞尔登说道,"有很多种解释。你被催眠了,或者你自己催眠了自己。你的神经有点问题。又或者那仅仅是个梦而已。"

哈默尔摇摇头:"这些解释都不对。"

"还有其他的解释,"塞尔登慢慢地说道,"但是它们都不被大众承认。"

"你准备承认它们?"

"总的来说,是的!有很多事物我们不能理解,且无法从正常的角度解释。我们还有很多东西需要去发现,而且就个人而言,我认为要保持开放的思想。"

"你建议我怎么做呢?"哈默尔在一阵沉默后问道。

塞尔登轻快地身体前倾:"有很多事能做。远离伦敦,去找寻你的'空旷的郊野'。那个梦可能就会停止。"

"我不会这么做的,"哈默尔迅速说道,"事已至此,我不能失去它们。我不想失去。"

"噢!我猜也是。另外一个选择是,找到那个家伙,那个瘸子。你现在认为他拥有超自然的力量。跟他谈谈,打破魔咒。"

哈默尔再次摇摇头。

"为什么不?"

"我害怕。"哈默尔简单地说道。

塞尔登做了个不耐烦的手势:"别那么盲目地全盘相信!那首曲调,就是灵媒最初演奏的调子,是什么样的?"

哈默尔哼了起来,塞尔登疑惑地皱眉听着。

"听起来真有点像《黎恩济》的序曲。里面有些能够振奋人心的东西——它长着翅膀。但是我没有被带离地面!那么,你每次的翱翔都相同吗?"

"不,不。"哈默尔急切地身子前倾,"它们是发展的。每一次我都能感觉到更多。这很难解释。你看，我总是察觉到自己要到达某个具体的点——音乐带着我来到那里——而不是直接到达那里，但是接连不断的音浪，每一次都比上一次更高，直到抵达一个再也不能更高的点。我待在那里直到自己被拉回来。那不是一个地点，更多的是一种状态。嗯，最开始我不明白，但是过了一段时间我渐渐开始理解，在我周围还有其他的东西在等待着我，直到我能感知它们。想想那些小猫。它们有眼睛，但是一开始，它们无法用眼睛去看事物。它们眼盲，必须学习怎么去看。嗯，对我而言就是那样。人类的眼睛和耳朵对我来说没什么用，但是有跟它们对应的还未发展出来的东西——那些根本就不属于肉身的东西。它们一点一点地生长着……有光的感觉——接着是声音……接着是颜色……都非常模糊，难以描述。这种东西更像是关于事物的知识而不是能看到或是听到的能力。最初是光，一道光，变得越来越强，越来越清晰……接着是沙滩，大片铺展开来的微红色沙滩……那里到处都是笔直的水道，就像运河——"

塞尔登深吸一口气："运河！多么有趣。继续说。"

"但是那些东西都无关紧要——它们没什么价值。真正重要的是那些我还未看到的事物——但是我能听到它们……它们听起来就像是双翼振翅高飞的声音……总之，我无法解释为什么，那感觉奇妙无比！没什么能与之相比。接着又是另一壮景——我看到了它们——那些翅膀！噢，塞尔登，翅膀！"

"但它们是什么？人——天使——鸟？"

"我不知道。我还看不到。但是我能感知那些颜色！翅膀的颜色——在我们这个世界是没有的——那是一种美妙无比的颜色。"

"翅膀的颜色？"塞尔登重复道，"它看起来像什么？"

哈默尔不耐烦地挥手道:"我怎么告诉你?这就像对一个盲人解释什么是蓝色!那是种你从未看到过的颜色——翅膀的颜色!"

"嗯?"

"嗯?就是这些。这就是我所能了解到的。但是每一次跌回地面都比上一次更难受、更痛苦。对此我无法理解。我确信我的身体从未离开过床铺。在我抵达的那个地方,也确信并没有肉身的存在。为什么它会对我造成如此伤害呢?"

塞尔登沉默地摇摇头。

"简直可怕极了——当我跌落的时候。那种拉扯的力量——接着是疼痛,每一块肢体、每一根神经都疼痛无比,我的耳朵就好像爆炸了一样。接着所有东西都向我压过来,所有的重量,就是那种糟糕的被囚禁的感觉。我需要光、空气、空间——最重要的是可以自由呼吸!我需要自由。"

"那么,"塞尔登问道,"在所有事物中,什么曾对你意义最为重大?"

"那是最糟糕的情况。我一如往日地重视它们,甚至比以往更加重视。这些事情是:舒适、奢侈、愉快,但是它们好像要把我拉扯到跟翅膀相反的路径上。我在这两者之间极力挣扎——而且我不知道最终会走向何种结局。"

塞尔登静静地坐着。这个他听到的奇怪故事实在足够离奇。难道只是幻觉,一种狂热的幻想?——万一它是真的呢?如果是这样,为什么在这么多人中,唯独哈默尔……但是哈默尔是一个物质主义者,是那种热爱肉体、否定精神的人,他肯定是最后一个看到另一个世界景观的人。

哈默尔从桌子那边不安地望着他。

"我想,"塞尔登缓慢地说道,"你所能做的就是等待,看看接下来会发生什么。"

"我不能!我告诉你我不能!你的说法表明你根本就不理解。它把我撕裂成两块,那种可怕的挣扎——那种两者间持续不断的战斗——近身肉搏一般。"他迟疑道。

"在肉体和精神间?"塞尔登暗示说。

哈默尔沉重地盯着他:"我估计有人会这么说。不管怎样,它都令人无法忍受……我无法获得自由……"

伯纳德·塞尔登再次摇了摇头。他陷入纷乱的思绪中。他提出了另一个建议。

"如果我是你,"他建议道,"我会找到那个瘸子。"

但是到家时,他喃喃自语道:"运河——我怀疑。"

3

塞拉斯·哈默尔第二天早晨怀揣着一个新的决定踏出了家门。他决心采纳塞尔登的建议,去找那个没腿的男人。虽然他心里确信自己的找寻会徒劳无功,因为那个男人就像彻底被大地吞没了一样,消失得无影无踪。

夹道两旁昏暗的建筑物遮住了阳光,让它更显幽深和神秘。只有在路中央的墙壁上有个缝隙的光线从那里穿过,金色的光芒打在一个坐在地上的人身上。正是那个人——是的,那个男人!

那根管状乐器就倚在他拐杖所靠的墙上,他正用彩色粉笔在铺石上画着什么。其中两幅已经完成,画的是壮观美丽的森林,有随风摇摆的树,还有流水潺潺的小溪,看起来是那么栩栩如生。

哈默尔再一次感到疑惑。那个男人仅仅是个街头艺人吗？或者他是别的什么……

忽然间这个百万富翁的自控能力崩溃了，他狂乱而生气地吼道："你是谁？看在上帝的分儿上，你是谁？"

那个男人看向他，笑了起来。

"为什么你不回答？说啊，你，说啊！"

接着他注意到那个男人以一种不可思议的速度在一块光滑的石板上画了起来。哈默尔的眼神追随着那个男人手上的动作……粗略几笔，一棵大树就呈现出来。接着，坐在一块巨石上……一个男人……演奏着一种管状乐器。那个人有着异常美丽的面庞——还长着山羊的腿……

那个没腿的男人飞速画着。画里的人仍旧坐在巨石上，但是山羊腿却消失了。他再次看向哈默尔。

"它们是邪恶的。"他说道。

哈默尔注视着画面，深陷其中。他面前的这张脸就是画中的那张，但有着奇怪的、不可思议的美丽……它得到了净化，只剩下对生命浓烈的、极臻的欢悦。

哈默尔转过身去，几乎逃跑似的离开了夹道，逃进阳光里，不断地对自己重复着："这是不可能的。不可能……我疯了……都是梦！"但是那张脸还在他的眼前飘浮——那张潘神[①]的脸……

他踏进公园坐在椅子上。这是个游人很少的时段。只有一些保姆带着她们看管的婴儿坐在树荫下，点缀在一片绿茵当中，就

[①]潘神（Pan），是希腊神话里的牧神，掌管树林、田地和羊群，有人的躯干和头，山羊的腿、角和耳朵。潘神爱好音乐，最擅长吹排箫，能创造出非常好听的音乐，据说他的笛声有魔力，容易让人陶醉、忘我。

像海上的岛屿。流浪者斜靠在树下。

"可怜的流浪者"这个词对哈默尔来说就是悲惨的缩影。但是突然今天,他很嫉妒他们……

对他而言,只有那些人才是真正自由的——大地为床,天空为被,自由地在世上游荡……他们不会被限制也不会被束缚。

心头灵光一闪,他突然明白那些束缚住他的正是他在别人面前所崇拜和珍视的东西——财富!他曾以为它是这世上最有力的东西,但是现在,他被金钱的力量所掌控,他看到了他话语中的真义。正是他的钱财将他束缚住了……

但是,是它吗?真的是它吗?还有没有什么更深刻、更准确的真义他没有看到?它是指钱本身还是他对钱的热爱?他被自己制造的脚镣所缚;并非财富本身,而是对财富的热爱才是真正的锁链。

他现在清楚地明白了这两种撕扯他的力量,一种是由物质组成的温暖地包围他的力量,而另一种,恰恰相反,是那清晰、迫切的召唤——他称其为翅膀的召唤。

当其中一种力量在坚持不懈地斗争之时,另一种力量却不屑参与,不愿意身陷其中。它只是在召唤——不停地召唤……他是如此清晰地听到了它,就好像它在跟自己说话。

"你不能跟我讲条件。"它似乎在说。

"因为我凌驾于一切其他事物之上。如果你追随我的召唤,你必定要放弃其他,割断所有控制你的力量。因为只有自由之人才能追随抵达我所指引的地方……"

"我不能,"哈默尔惊叫道,"我不能……"

有人转过身,看着这个坐在椅子上自言自语的高大男人。

所以,他必须做出牺牲,牺牲他最珍视的东西——他生命的一部分。

他生命的一部分——他记起了那个没有腿的男人……

4

"天哪,什么风把你吹到了这儿?"博罗问道。

确实,伦敦东区对于哈默尔来说是个陌生的地方。

"我已经听过一大堆布道,"这位百万富翁说道,"所有的说辞都是如果你们这些人获得了资金,你们应该做什么。我来这里是为了告诉你:你能获得资金了。"

"你真是太好了,"博罗说道,带着一丝惊讶,"一大笔捐款,对吗?"

哈默尔干笑道:"可以这么说,我会捐出我所拥有的每一个便士。"

"什么?"

哈默尔用简洁的商业口吻交代了一切。博罗的脑袋乱成了一团麻。

"你——你的意思是要把你所有的财富都捐给伦敦东区的穷人,并且将我指定为托管人?"

"就是这样。"

"但是为什么——为什么?"

"我没法解释,"哈默尔缓慢地说道,"记得去年二月份的时候我们谈论过关于幻觉的话题吗?嗯,一种幻觉已经占据了我。"

"太好了!"博罗身体前倾,眼睛闪光。

"这没什么好的,"哈默尔淡淡地说,"我毫不在意伦敦东区那些穷人。他们需要的只是勇气!我也很穷——我放弃了财富。

但是我不得不放弃这些金钱,而那些愚蠢的社会团体不会理财。你是值得我信任的人。你可以拿这些钱去拯救生命或灵魂——特别是前者。我一无所有了,但是你能做你想要做的任何事。"

"之前从来没有发生过这样的事情。"博罗结结巴巴地说。

"整件事已经结束了,"哈默尔继续说,"律师已经最后整理好所有文件,我也签了名。我告诉你这两个星期我一直在忙这个事。放弃财富和积累财富几乎一样困难。"

"但是你——你没给自己留下些什么吗?"

"一个便士也没有,"哈默尔欢乐地说道,"至少——不对。我刚才在口袋里还找到了两便士。"他笑了。

跟迷惑不解的朋友道别后,他来到了一条窄小的、弥散着难闻气味的街道。他刚才欢乐地说出去的话现在让他感到一阵痛苦的失落感。"一个便士也没有了!"在他所有的巨额财富中,他什么也没给自己留下。他现在感到了害怕——害怕贫穷、饥饿以及严寒。牺牲对他而言一点也不美好。

但是这一切背后,他感到那些压力和威胁都已被消除,他不再遭受压抑和束缚。那条断掉的锁链在灼烧和撕扯着他,但是自由的幻想就在那里赋予他力量。他的物质欲望可能会使这种召唤变得微弱,但是它们不会消亡,因为他知道那是一种不会消亡的永生之物。

空气中已经弥漫着秋天的气息,风里带着一丝寒意。他感到有些冷,发起抖来,接着,饥饿又向他袭来——他都忘了自己还没吃午餐。未来就近在咫尺。不可思议,他竟然抛弃了一切:安闲、舒适、温暖!他的身体虚弱地呼喊着……接着那种欢乐和振奋的自由之感再一次向他袭来。

哈默尔迟疑着。他就在地铁站附近。他的口袋里还有两便士。他忽然想用这两便士坐地铁到公园去,两星期前,他曾在那儿观察过那些慵懒的无业游民。除了这个突发奇想,他对未来没什么打算。他实实在在地坚信自己已经疯了——神志清醒的人绝不会像他这么做。但是,如果是这样,疯狂也是件无比精彩和令人惊讶的事情。

是的,他现在就要到公园的露天草地去,而且靠乘坐地铁去那里有种特别的意味。因为对他而言,地铁代表着一种被埋葬的恐惧,一种孤独遗世的生活……他可以从囚禁中脱身去空旷的草地和树林中拥抱自由,那里没有房屋所带来的压迫感。

电梯很快就让他感到厌烦,他在一直向下走。空气是那样沉闷而了无生气。他站在月台的最前面,远离人群。在他的左侧,是通行列车的地下隧道,如蛇一般的列车马上就要开来了。他感到这整个地方有一丝不易觉察的邪恶感。她旁边没什么人,只有一个男人缩成一团坐在椅子上,如一摊烂泥,看上去好像有点醉得不省人事。

远处响起火车微弱的略带威胁的咆哮声。那个男人从椅子上站起来,一摇一晃地走到哈默尔身边,站在月台的边沿看着地下隧道。

接着——一切发生得如此迅速,几乎让人难以预料——他失去了平衡,跌倒了……

几百个念头几乎同时冲向了哈默尔的脑海。他看到一群人围着一辆巴士,并听到一个沙哑的声音在说:"你不用责备自己。那个人已经无力回天了。"随之而来的念头是:那条生命可以得到挽救,如果是,那一定由他来完成。附近没有旁人在场,而且那辆列车正在迫近……所有这些都飞速掠过他的脑海。他体验到了一种奇怪又平静的清醒思考。

他仅有几秒钟做决定,那一刻他知道,自己对死亡的恐惧一点都没有减弱。他害怕极了。随后列车从弯曲的地下隧道里向前奔来,已经没时间去阻止了。

哈默尔飞速地拉住那个男人的胳膊。并没有什么天生的侠义精神在支配他,他颤抖着,但迫使自己接受来自另一个世界召唤牺牲的命令。他用尽最后一丝力气,把那个男人拉回月台,自己则跌了下去。

接着他的恐惧感消失了。物质世界不再压制他,他从束缚中逃脱了。一瞬间他觉得自己听到了潘神的笛声。接着——声音越来越近,越来越嘹亮——吞没了其他的一切——数不清的翅膀欢乐地扇动着……裹挟着他,围绕着他……

最后的召灵会 ———

劳尔·多布勒尔哼着小曲穿越塞纳河。他是一个大约三十二岁的外貌俊朗的年轻法国男人,有着一张红润的脸庞以及黑色的小胡须。职业上,他是一位工程师。没过多久,他抵达了卡多内特,并转身进入第十七号房子。门房从她自己的小屋向外张望,向他道了声"早安",对此他欣然回礼。接着他登上楼梯来到了第三层的一间公寓。他站在那儿,按下门铃等人开门,他又一次哼起那首小曲。劳尔·多布勒尔今天早晨感到额外高兴。一位年老的法国女人开了门,当她看到访客是谁的时候,布满皱纹的脸庞上浮起了微笑。

"早上好,先生。"

"早上好,伊莉斯。"劳尔回应道。

他走过门厅,边走边摘下自己的手套。

"夫人在等我,是吗?"他转过头来问道。

"噢,是的,确实是,先生。"

伊莉斯关上了大门,转过身来面对着他。

"先生您先去那个小会客厅坐坐,夫人很快就来。这会儿,她正在小憩呢。"

劳尔猛然抬头。

"她不舒服吗?"

"嗳!"

伊莉斯吸了下鼻子。她从劳尔身前走过,为他打开了小会客厅的门。他迈步进去,伊莉斯紧随其后。

"嗳!"她继续说道,"她怎么会好,可怜的小羊羔?召灵会,召灵会,总是召灵会!这可不好——违背自然,这不是慈悲的上帝想要我们做的。恕我直言,这就是在和恶魔做交易。"

劳尔安慰性地拍拍她的肩膀。

"你瞧,你瞧,伊莉斯,"他安抚她道,"不要太激动,不要把那些你所不能理解的东西都看成是恶魔。"

伊莉斯怀疑地摇摇头。

"噢,好吧,"她低声抱怨道,"先生你爱说什么就说什么吧,反正我不喜欢那些召灵会。看看夫人,她一天比一天苍白羸弱,而且还头痛!"

她攥紧双手。

"噢,不,所有这些灵魂的交易,一点好处都没有。确实是灵魂!所有好的灵魂都待在天堂,而其他的则在炼狱中。"

"你对于人死后的看法实在是过于简单,伊莉斯。"劳尔边往椅子上坐边说。

那个老妇人靠近了些。

"我是个虔诚的天主教徒,先生。"

她在身上划了个十字,走向门口,接着又停下来,将手搁在门把上。

"你们结婚之后,先生,"她祈求道,"这不会再继续了吧——所有的一切?"

劳尔亲切地对她微笑。

"你真是一个非常忠诚的好人,伊莉斯,"他说道,"对你的女主人全心全意地奉献。不要害怕,一旦她成为我的妻子,这些你所谓的'灵魂的交易',都将停止。因为多布勒尔夫人将不会再举行召灵会。"

伊莉斯的脸上绽放出笑颜。

"你说的是真的吗?"她急切地问道。

劳尔郑重地点点头。

"是的。"他说道,这话更像是对他自己而不是对伊莉斯说的。"是的,所有这些都必须结束。西蒙娜有着出色的天赋,她曾毫无限度地使用它,但是现在,她已经尽了自己的义务。就如你所观察到的,伊莉斯,她一天天苍白孱弱下去。灵媒的生活尤其耗费心力,艰难无比,还会陷入糟糕的精神压力之中。可是,伊莉斯,你的女主人是巴黎最优秀的灵媒——甚至是全法国最好的。全世界的人们前来寻访她,因为他们知道她不会玩弄、欺骗别人。"

伊莉斯轻蔑地哼了一声。

"欺骗!噢,不,事实上,如果夫人愿意的话,她甚至不会去欺骗一个新生儿。"

"她是一位天使,"年轻的法国男人热烈地说道,"而且我——我应该做一个男人所能做的一切事情,为了让她快乐。你相信吗?"

伊莉斯走上前来,用一种相当简洁庄严的口吻说道:

"我已经为夫人服务了好多年,先生。从各个方面来讲,我都能说我深爱着她。如果让我知道你不是因为她值得被爱慕而爱慕她的话——那么,先生!我会将你碎尸万段。"

劳尔笑了起来。

"很好,伊莉斯!你真是一个忠诚的伙伴,而且现在,你必须赞同我跟你说的话,夫人就要放弃那些灵魂了。"

他希望看到那个老妇人欣然接受他的幽默,但是让人惊讶的是她仍然保持着严肃的态度。

"先生,假设,"她犹疑地说,"那些灵魂不愿意放开她呢?"

劳尔注视着她。

"呃!你什么意思?"

"我是说,"伊莉斯重复道,"假如那些灵魂不想放开她呢?"

"我想你并不相信灵魂,伊莉斯?"

"我不相信,"伊莉斯固执地说,"相信那些东西是愚蠢的。但是——"

"什么?"

"我很难解释,先生。您看,我,我一直认为那些灵媒,正如他们自己称呼自己那样,仅仅是一些聪明的骗子,专门欺骗那些失去爱人的可怜灵魂。但夫人不是那样,夫人是个好人。她很诚实而且——"

她压低了自己的声音,用一种惊恐的语调说:

"事情发生了。不骗你,真的发生了,这就是为什么我会感到害怕。我可以完全肯定,先生,通灵是不对的。它违背自然,上帝啊,总会有人要为此付出代价。"

劳尔从座位上站了起来,走上前去,拍了拍她的肩膀。

"放松,我亲爱的伊莉斯,"他说道,笑了起来,"看,我要跟你说个好消息。今天是这些召灵会的最后一次;今日之后,不会再有召灵会了。"

"那么今天还有一场?"这位老妇人疑心道。

"最后一次,伊莉斯,最后一次。"

伊莉斯闷闷不乐地摇摇头。

"夫人今天不适合——"她刚说,话就被打断了,门开了,一位高挑的金发女人走了进来。她窈窕纤细,高贵优雅,拥有一张波提切利画的圣母玛利亚般的脸庞。劳尔面露喜色,伊莉斯迅速而小心翼翼地退了出去。

"西蒙娜!"

他握起她修长白皙的双手,分别亲吻了一下。她非常温柔地呢喃着他的名字。

"劳尔,我亲爱的。"

他再次亲吻了她的手,然后专注地看着她的脸。

"西蒙娜,看你多么苍白!伊莉斯告诉我,你在小憩,你没有生病吧,我的爱人?"

"没有,没生病——"她迟疑地说。

他扶她在沙发上坐下,自己也坐在了她的身旁。

"告诉我发生了什么事。"

这位灵媒虚弱地微笑着。

"你会觉得我傻。"她喃喃自语道。

"我?会认为你傻?永远不会。"

西蒙娜从他的手中抽回了自己的手。她极其沉静地坐了一会儿,两眼低垂,望向地毯。接着她低沉而急切地说道:

"我感到害怕,劳尔。"

他等了一两分钟,希望她继续说,但是她没有,于是他鼓舞道:

"嗯,你害怕什么?"

"只是害怕——就是这样。"

"但是——"

他困惑地看着她,她迅速回应了他的眼神。

"是的,这很荒谬,不是吗?但是我感觉就是那样。害怕,没有别的。我不知道那是什么，或是为什么，但是我一直都有这种感觉，觉得一些可怕的事情——可怕，就要降临在我的身上……"

她凝视前方。劳尔温柔地用胳膊搂着她。

"我最亲爱的，"他说道，"来，你不必再说了。我知道那是什么，是那些压力，西蒙娜，灵媒生涯中的压力。你需要的就是休息——休息和安静。"

她感激地看着他。

"是的，劳尔，你说得对。这就是我所需要的，休息和安静。"

她闭上了眼，轻轻靠在他的臂弯里。

"还有快乐。"劳尔在她耳边喃喃说道。

他的手臂把她搂得更紧了。西蒙娜依旧紧闭双眼，她深吸了一口气。

"是的，"她喃喃自语道，"是的。当你的胳膊围着我的时候，我感到很安全。我忘记了我的生活——那种令人恐惧的生活——一个灵媒的生活。你知道很多，劳尔，但是甚至连你也没办法理解它所有的内涵。"

他察觉到她的身体在他的怀抱中有点僵硬。她的眼睛再次睁开，注视着前方。

"坐在壁橱的黑暗之中，等待着，黑暗是多么恐怖啊，劳尔，它是那种虚无的黑暗，什么都不存在的黑暗。人会有意地放逐自己，迷失其中。随后，你会什么都不知道，什么都感觉不到，但最后是缓慢、痛苦地回归，从睡眠中猛然惊醒，但是非常疲惫——可怕的疲惫。"

"我知道，"劳尔嘟囔道，"我知道。"

"那么疲惫。"西蒙娜再次喃喃自语道。

当她重复这些话的时候，她的整个身体似乎都沉了下去。

"但你是最优秀的，西蒙娜。"

他把她的手放在自己手里，试图鼓舞她，并分享自己的热情。

"你是唯一的——世界上有史以来最伟大的灵媒。"

她摇摇头，对此只是浅浅一笑。

"是的，是的。"劳尔坚持说。

他从自己的口袋中拿出两封信。

"看这里，从萨拉贝德赫热的洛奇教授那里寄来的，另外一封来自南锡的格尼尔博士，他们都恳求你偶尔能继续为他们召灵。"

"噢，不！"

西蒙娜跳了起来。

"我再也不做了，我不做了。这一切就要结束了——一切都完了。你答应过我，劳尔。"

劳尔惊讶地看着她在他面前走来走去，就像一头陷入绝境的困兽。他站了起来，握住她的手。

"是的，是的，"他说道，"这一切确实要结束了，那不言而喻。但我是如此为你感到骄傲，西蒙娜，这就是我要提起这些信的原因。"

她疑惑地瞥了他一眼。

"你不会是想要我再次去召灵吧？"

"不，不，"劳尔说道，"除非是你自愿，只是偶尔为那些老友——"但是她打断了他，激动地说道：

"不，不，再也不做了。会有危险。我告诉你，我能感觉到，极大的危险。"

她用手紧紧地按住额头，一分钟后，走到了窗户旁。

"答应我再也不要了。"她背对着他,平静地说道。

劳尔走在她身后,用手臂抱住她。

"亲爱的,"他温柔地说,"我答应你,今天之后,你再也不用召灵了。"

他感到她猛地战栗了一下。

"今天,"她喃喃自语道,"噢,是的——我都忘了伊埃克斯夫人。"

劳尔看了看表。

"她现在就该来了。但是,西蒙娜,如果你感到不太舒服的话——"

西蒙娜却似乎没有听到他所说的话,只是陷在自己的思路里。

"她是——一个怪异的女人,劳尔,极其怪异。你知道我——我几乎有点害怕她。"

"西蒙娜!"

他的语调中暗藏着一丝责备的意味,她立即就觉察到了这一点。

"是的,是的,我知道,你就像所有的法国人一样,劳尔。对你而言,一个母亲是神圣的,当她沉浸在失去孩子的悲痛之中时,我对她产生这样的感觉是很不友善的。但是——我解释不了,她是那样高大、黝黑,而且她的手——你注意过她的手吗,劳尔?又大又强壮的手,就像男人的一样。噢!"

她微微颤抖起来,并且闭上了眼睛。劳尔抽回了手,几乎有点冷酷地说:

"我真的不能理解你,西蒙娜。身为一个女人,你本应对另一个女人深表同情,那是一位失去自己唯一孩子的母亲。"

西蒙娜做了个不耐烦的手势。

"哦,那是你不理解,我的朋友!这些事情,没有人可以帮忙。从我最初看到她我就感到——"

她摆了摆手。

"害怕!你还记得,我过了很久,才肯答应为她召灵吗?我能肯定她会在某个方面给我带来不幸。"

劳尔耸了耸肩。

"然而,准确来说,她带给你的恰恰相反,"他冷酷地说,"所有召灵会都获得了引人注目的巨大成功。小艾米丽的灵魂能够迅速占据你的身体,而鬼魂们确实一直在冲撞。洛奇教授真应该出现在现场,看看这最后一次召灵会。"

"鬼魂,"西蒙娜压低声音说,"告诉我,劳尔(你知道当我进入幻象时,我对发生的事情一无所知),那些鬼魂真的那么奇妙吗?"

他热烈地点点头。

"最初几次召灵会上,那个小孩的形象显现得有些模糊,"他解释道,"但是最后一次召灵会——"

"什么?"

他温和地说:

"西蒙娜,那个孩子站在那里,就像是一个活生生的有血有肉的孩子一样。我甚至触摸到了她——但是我看到那触摸给你带来了极大的痛苦,我不会允许伊埃克斯夫人也这么做。我害怕她会失去自控能力,而且这可能会给你造成伤害。"

西蒙娜再次转身对着窗户。

"当我清醒之时,我总是精疲力竭,"她喃喃自语道,"劳尔,你确定——你确定这是对的吗?你知道亲爱的老伊莉斯是怎么想的吗,她觉得我这是在和恶魔做交易。"

她有些不确定地笑了起来。

"你知道我相信什么,"劳尔郑重地说道,"和未知的事物打交道,必定会经常遇到危险,但是这动机是崇高的,因为这是为了科学,世界上还有许多科学未解之谜,先驱们为此付出了代价,这样其他人才能安然地紧随他们的脚步。从现在往前追溯的十多年来,你一直在为科学奉献,以至于自己背负上了严重的精神压力。现在你的义务已经完成了,从今天起,你就要解脱,重获快乐。"

她深情地向他笑笑,又恢复了平静,接着飞速瞟了一眼时钟。

"伊埃克斯夫人迟到了,"她嘟囔着,"她可能不会来了。"

"我觉得她会来的,"劳尔说道,"你的钟走得有点快,西蒙娜。"

西蒙娜在房间里踱步,重新归置着各种摆件。

"我纳闷她究竟是谁,这位伊埃克斯夫人?"她思索着,"她来自于何方,她的家人都是谁?真是奇怪,我对她的情况毫无了解。"

劳尔耸了耸肩膀。

"大多数来找灵媒的人,都会尽可能隐姓埋名,"他说道,"这是最基本的防范措施。"

"我想也是。"西蒙娜无精打采地赞同道。

她手里拿着的一个小小的瓷瓶从指间滑落,掉在壁炉的瓷砖上,碎成了片。她猛然转身看着劳尔。

"你看啊,"她喃喃自语道,"我都不是我自己了。劳尔,你觉得我是不是太——太软弱,如果我告诉伊埃克斯夫人我今天不能召灵了？"

他难过的惊讶表情让她的脸色发红。

"你答应过的，西蒙娜——"他温和地开口说道。

她再次倚在墙上。

"我不想再继续了，劳尔。我不想再继续了。"

他再次现出那种难过又惊讶的表情，又带着温柔的责备，这让她畏缩起来。

"我考虑的不是钱，西蒙娜，尽管你必须知道那个女人为你这最后一次召灵会付出了大量的钱——真的很多。"

她抗拒地打断他的话。

"还有比钱重要的事情。"

"确实有，"他温和地说道，"这就是刚才我所说的。想想吧——那个女人是一位母亲，一位失去了自己唯一孩子的母亲。如果你不是真的病了，如果你只是一时兴起，你可以随意拒绝一位富有的女士，但是你忍心拒绝一位想看自己孩子最后一眼的母亲吗？"

这位灵媒绝望地挥动着双手。

"噢，你在折磨我，"她喃喃自语道，"但你是对的。我会按照你的意愿去做，但是我现在知道我惧怕什么了——那就是'母亲'这个词。"

"西蒙娜！"

"某些原始的基本力量，劳尔，其中大部分都被文明摧毁了，但是母爱还挺立在它起始的地方。动物、人类，都是一样的。在这世界上没有什么能跟一位母亲对孩子的爱相似。它毫无原则，没有保留，敢于做任何事，会将所有阻碍它前行的东西摧毁。"

她停了下来，稍微喘了口气，接着朝他绽放出一个轻快又使人消气的笑容。

"我今天愚蠢极了,劳尔,我知道。"

他握住了她的手。

"躺下来休息一两分钟,"他说道,"等她来。"

"好的。"她对他笑笑,走出了会客厅。

劳尔在会客厅思索了一两分钟,接着迈步走向门口,打开门,穿过了狭小的门厅。他走进了门厅另一侧的一间屋子,这间起居室跟他刚才离开的那间非常相似,但是在它的尽头有一处壁龛,那里有一个壁橱,壁橱里有一张扶手椅。厚重的黑色天鹅绒地毯铺在壁龛处。伊莉斯正在忙着布置这间屋子。靠近壁龛的地方,她放置了两把椅子和一张小圆桌。桌子上放着一张铃鼓,一个号角,以及一些纸和铅笔。

"最后一次,"伊莉斯带着一丝满足嘟囔道,"噢,先生,我希望它能赶紧完成,快点结束。"

尖锐的电铃声响了起来。

"她来了,那个健壮的'妇女宪兵',"这位老仆人继续说道,"为什么她不去教堂为她的那个小灵魂做祈祷呢,为什么她不为我们的圣母点燃一支蜡烛呢?难道仁慈的上帝不知道什么对我们是最好的吗?"

"去给她开门吧,伊莉斯。"劳尔不容分说地吩咐道。

她朝他瞥了一眼,但还是照做了。不一会儿,她就引导着客人走了进来。

"我会告诉主人你来了,夫人。"

劳尔走上前去,跟伊埃克斯夫人握了握手。西蒙娜的话语又浮现在他的脑海中。

"那么高大,那么黝黑。"

她是个身形高大的女人，那种法国式的浓重而阴郁的伤感在她身上尤其明显。她开口讲话时，嗓音非常深沉。

"恐怕我有点迟了，先生。"

"只是晚了一会儿，"劳尔笑着说道，"西蒙娜夫人还在躺着休息。我很抱歉地告诉你她的状态不好，她感觉非常紧张和疲惫。"

她的手，刚刚缩了回去，突然又像钳子一样攥紧了他。

"但是她依旧会召灵吧？"她尖刻地要求道。

"噢，是的，夫人。"

伊埃克斯夫人看上去松了一口气，她坐到椅子上，卸下了盖在她脸庞上的厚重黑纱，

"噢，先生！"她嘟囔道，"你想象不到，你根本无法想象这些召灵会给我带来的美妙和快乐！我的小宝贝！我的艾米丽！能看到她，听到她，甚至——可能——是的，甚至可能——伸出我的手，触摸她。"

劳尔迅速而断然道："伊埃克斯夫人，我要怎么解释呢？无论如何，没有我的指挥，你不能做任何事，否则这会带来巨大的危险。"

"给我带来危险吗？"

"不，夫人。"劳尔说道，"给灵媒。你必须知道这其中出现的现象都能用某种科学的方式来解释。我尽量简单地说明这些问题，不用那些专业术语。一个灵魂，如果要使自身显现，需要借助灵媒的身体。

你已经见过那些从灵媒的口中吐出的气体。这些气体最终会被压缩并且塑造成已经逝去的亡灵的外形。但是这些外在物质我们相信就是灵媒自身的物质。我们希望有朝一日能够通过测量

和试验来证明这个观点——但最大的难点就是，一旦触碰这些物质，就会给灵媒招致危险和痛苦。如果有人粗暴地触碰这些鬼魂，就可能导致灵媒的死亡。"

伊埃克斯夫人非常细心地倾听着他所说的话。

"有趣极了，先生。告诉我，是否有段时间，那个鬼魂会飘得远远的，从母体——那个灵媒——中分离？"

"这是荒唐的臆想，夫人。"

她仍然坚持："但是，事实上，没有可能吗？"

"最起码今日不可能。"

"但是未来有可能？"

正当他不知如何面对这个问题的时候，西蒙娜进来了。她看起来十分疲倦，脸色苍白，但是明显已经恢复了自我控制。她走上前去，跟伊埃克斯夫人握了握手，虽然劳尔注意到她握手时，身子在微微发抖。

"我很抱歉，夫人，听说你身体不舒服。"伊埃克斯夫人说道。

"这没什么。"西蒙娜唐突地说道，"我们能开始了吗？"

她进入了壁橱，坐在扶手椅上。忽然间，反而是劳尔感到一阵恐惧席卷而来。

"你今天精神不济，"他说道，"我们最好还是取消这次召灵会。伊埃克斯夫人会理解的。"

"先生！"伊埃克斯夫人恼怒地站了起来。

"是的，是的，最好还是不要做，我能肯定。"

"西蒙娜夫人已经答应为我举行最后一次召灵会了。"

"是这样，"西蒙娜平静地附和道，"而且我已经准备好践行我的诺言。"

"我想你会的，夫人。"那个女人说道。

"我不会食言的,"西蒙娜冷冷地说道。"不要害怕,劳尔。"她温柔地补充道,"不管怎样,这是最后一次了——最后一次,感谢上帝。"

她示意劳尔拉上罩在壁龛上的厚重的黑色帘子。他还拉上了窗帘,于是整间屋子陷入了半明半暗之中。他示意伊埃克斯夫人坐在其中一张椅子上,自己则坐了另一张。伊埃克斯夫人,不知怎么的,有些犹豫。

"请原谅我,先生,但是——你知道我绝对相信你和西蒙娜夫人的正直。尽管如此,为防万一,我冒昧随身带来了这个。"

她从手袋里拿出了一段结实的绳索。

"夫人!"劳尔叫道,"这简直是侮辱!"

"一个预防措施而已。"

"我再重复一次,这是侮辱。"

"我不明白你的抗议,先生,"伊埃克斯夫人冷酷地说,"如果这其中没有阴谋的话,你害怕什么?"

劳尔不屑地笑了起来。

"我能保证,我没有什么需要害怕的,夫人。如果你愿意,把我的手脚都捆起来吧。"

他的慷慨陈词并没有达到预想的效果,伊埃克斯夫人只是毫无感情地喃喃自语道:"谢谢你,先生。"

她拿着那卷绳索走上前去。

突然,西蒙娜在壁橱中尖叫起来。

"不,不,劳尔,不要让她这么做。"

伊埃克斯夫人嘲讽地笑了起来。

"夫人害怕了。"她讽刺道。

"是的,我害怕。"

"记住你说的话,西蒙娜,"劳尔叫道,"显然,伊埃克斯夫人觉得我们是江湖骗子。"

"我必须要确认。"伊埃克斯夫人冷冷地说。

她有条不紊地继续干手上的活儿,把劳尔紧紧地捆绑在了椅子上。

"我必须向你所绑的绳结表示祝贺,夫人,"当她做完之后,他嘲弄地说,"你现在满意了吧?"

伊埃克斯夫人没有回应。她在房间里走来走去,仔细检查墙壁上的镶板。接着她锁上通往大厅的门,并且拔掉钥匙,回到了她的椅子上。

"现在,"她用一种难以形容的声调说,"我准备好了。"

几分钟过去,幕帘后西蒙娜的呼吸声变得越来越沉重,听起来越来越像打鼾声。接着这个声音全部消失了,紧随而来的是一阵呻吟。接着再次陷入宁静,这宁静忽然被稀里哗啦的铃鼓的声音打断。号角从桌子上被拿起来,又被扔在地上。嘲弄似的笑声传来。壁龛前的帘子似乎被微微向后拉扯着,透过那道空隙,正好能看到灵媒的身影,她的头耷拉在胸前。突然,伊埃克斯夫人的呼吸变得急促起来。灵媒的口中喷出一片水汽。这些水汽凝结之后,形成了一个身影,那是个小孩子的形象。

"艾米丽!我的小艾米丽!"

从伊埃克斯夫人那儿发生一阵嘶哑的叫喊。那个模模糊糊的影子凝结得更清晰了。劳尔非常不可思议地盯着这一切。从未有比这个鬼魂显现更成功的了。现在,可以肯定,这是个真正的孩子,一个有血有肉的孩子,她就站在这儿。

"妈妈!"孩子般温柔的声音叫道。

"我的孩子!"伊埃克斯夫人失声喊道,"我的孩子!"

她从椅子上半立起身子。

"小心，夫人！"劳尔警告说。

鬼魂犹疑着穿过了帘子。那是个孩子。她站在那儿，胳膊伸了出去。

"妈妈！"

"噢！"伊埃克斯夫人惊叫道。

她再一次从椅子上半站起来。

"夫人，"劳尔警示道，"灵媒——"

"我必须触摸她。"伊埃克斯夫人嘶哑着喊叫。

她向前走了几步。

"看在上帝的分儿上，夫人，控制你自己。"劳尔叫道。

现在他真的被吓到了。

"立马坐下。"

"我的小宝贝，我必须触摸她。"

"夫人，我命令你，坐下！"

他在绳索中绝望地扭动着，但是伊埃克斯夫人捆绑得很紧。他十分无助，一阵逼近的灾难般的恐怖感向他席卷而来。

"以上帝的名义，夫人，坐下！"他咆哮道，"想想灵媒。"

伊埃克斯夫人转向他，发出了一阵刺耳的笑声。

"我为什么要为你的灵媒担心？"她叫道，"我要我的孩子。"

"你疯了！"

"我的孩子，我告诉你，我的！我自己的！我身上的血和肉！我的小宝贝从死亡的魔掌中逃脱，回到我身边，活生生的，还在呼吸。"

劳尔大张着嘴，但是什么话也说不出来。真可怕，这个女人！冷酷无情，残暴野蛮，完全被自己的情绪所掌控。那个孩子

的嘴也张着,那个词语第三次回荡在房间里:

"妈妈!"

"那么过来,我亲爱的小宝贝。"伊埃克斯夫人叫道。

她猛地把孩子拽入臂弯里。帘子后面,传来了一阵长长的、发自心底的痛苦尖叫。

"西蒙娜!"劳尔叫道,"西蒙娜!"

他模糊地感觉到,伊埃克斯夫人从他身边冲了过去,打开锁着的门,跑下了楼。

帘子背后,那阵恐怖悠长的叫声还在回荡——劳尔从未听到过这样的叫喊声。伴随着一阵可怕的咯咯声,叫声消失了。接着是身体跌落在地的声音。

劳尔如疯子般想要从捆缚中逃脱。在疯狂中,他完成了这个不可能的任务,他竭尽全力挣脱开绳索。当他解开绑在脚上的绳子时,伊莉斯冲了进来,大叫道:"夫人!"

"西蒙娜!"劳尔也叫道。

他们一起冲向前去,拉开了帘子。

劳尔摇晃着后退。

"我的天哪!"他喃喃自语道,"血——都是血……"

伊莉斯的颤抖声从身后传来。

"这么说夫人死了。全结束了。但是告诉我,先生,发生了什么。为什么夫人萎缩了——为什么她只有原来的一半大小?这里到底发生了什么?"

"我不知道。"劳尔说道。

他发出了一阵尖叫。

"我不知道。我不知道。但是我想——我要疯了……西蒙娜!西蒙娜!"

SOS ─────

1

"啊!"丁斯密德先生赞赏地说道。

他后退了几步,用欣赏的眼神审视着那张圆桌。火光摇曳在粗糙的白色桌布、刀叉,以及桌上的其他物品上。

"都——都准备好了吗?"丁斯密德夫人结结巴巴地问道。她是个娇小、憔悴的妇人,面无血色,稀疏的头发草草梳向脑后,一言一行总是紧张不安。

"都准备好了。"她的丈夫用一种带着残忍的温和口吻说道。

他是个壮硕的男人,有点驼背,有一张宽阔红润的脸庞。他的那双狭长的眼睛在浓密的眉毛下不停地眨着,巨大的下巴上没有胡须。

"要柠檬水吗?"丁斯密德夫人提议道,声音小得跟耳语似的。

她的丈夫摇摇头。

"茶。不管怎么说,它都更好。看看外面的天气,狂风大作,暴雨倾盆。在这样的晚上,一杯热茶最适合晚餐饮用了。"

他玩笑般地眨着眼,再次审视起桌面。

"一顿丰盛的餐点包括鸡蛋、冷腌牛肉,还有面包和乳酪。这是我的晚餐菜单。所以来吧,把这些端上桌。夏洛特正在厨房里忙活呢,你去搭把手。"

丁斯密德夫人站了起来,仔细地把手中正在编织的毛线绕成一团。

"她现在出落成一个俊俏的姑娘了。"她喃喃自语道,"非常迷人。"

"啊!"丁斯密德先生说道,"像她妈妈那样的致命美貌!你赶紧去吧,不要再浪费时间了。"

好一会儿,他都在房间里徘徊,对自己嘟囔了几句,然后走到窗边,向外望去。

"糟糕的天气,"他喃喃自语道,"今晚我们应该不会有什么访客了吧。"

接着,他走出了房间。

十分钟后,丁斯密德夫人端着一盘煎蛋走了进来。她的两个女儿跟着她,拿着剩下的饭菜。丁斯密德先生和他的儿子约翰尼走在最后面。丁斯密德先生坐在了上座上。

"我们应该感谢什么呢,等等,"他幽默地说道,"要感谢那个最先想到罐头食物的人。我们该做些什么呢,我想知道,如果没有罐头,几英里之内又荒无人烟,我们是不是该回到屠夫们忘记他每周任务的时代?"

他继续熟练地切着冷腌牛肉。

"我想知道,究竟是谁想到要在这样一个地方建造房屋。四周荒无人烟,"他的女儿马格德莲气愤地说道,"我们连个鬼影也见不到。"

"不,"父亲说道,"从来没有鬼魂。"

"我不知道是什么促使你买下了它,爸爸。"马格德莲说道。

"你不明白,我的姑娘?嗯,我有自己的理由——我有自己的理由。"

他暗中偷瞄自己的妻子,但是她皱起了眉。

"还有游魂,"马格德莲说道,"在这儿,我一个人是无论如何都睡不着的。"

"一派胡言,"她的父亲说,"你什么也没看到过,不是吗?得了吧。"

"可能是没看到过什么,但是——"

"但是什么?"

马格德莲没有回答,但是微微颤抖了起来。一阵急雨敲打在窗户上,丁斯密德夫人手里的汤匙掉到了盘子里。

"你的神经衰弱还没好吗?"丁斯密德先生说道,"这是个糟糕的晚上,就这样。别担心,我们在壁炉边是安全的,外面的鬼魂不会来打扰我们。为什么?如果真有那才是奇迹呢,但是奇迹不会发生的,不会。"他像是在对自己说话,带着一种奇异的满足感,"奇迹不会发生。"

语音未落,一阵急促的敲门声响了起来。丁斯密德先生僵在那里。

"是什么呢?"他喃喃道,惊掉了下巴。

丁斯密德夫人轻轻呜咽了一声,裹紧了自己的披肩。马格德莲的脸色一变,前倾身子,对她父亲说道:

"奇迹发生了,不管它是什么,你最好还是让它进来。"

2

二十分钟之前,莫蒂默·克利夫兰站在暴雨中,大雾掩埋了他的车子。真是倒霉透顶。两个轮胎在十分钟内都被扎破了,至于他,独自站在这人烟罕至的地方,站在荒芜的威尔特郡丘陵之中,夜幕就要降临,四周没有任何遮蔽之所。能够摆脱困境的方法就是尝试找寻一条捷径。要是他一直坚持走大路就不会出现这样的问题了！现在他迷失在这条像是车道的小路上，如果这附近连个村庄也没有的话，那他就彻底没辙了。

他艰难地四处张望，眼睛忽然被半山腰上闪烁的灯光吸引住了。大雾很快就湮没了这灯光，但是，他耐心地等待了一会儿，很快再次看到了它。思忖片刻，他离开了车子，往山的一侧走去。

他很快就从雾气中走了出来，发现那光线是从一栋小房子的窗户里投射出来的。这里，不管怎样，是一个避难所。莫蒂默·克利夫兰加快步伐，垂下脑袋，抵抗着意图使他退缩的暴风骤雨的猛攻。

克利夫兰多少有些声名，尽管他不怀疑，大多数人对他的名字和成就会表现出相当的无知。他是一位精神科学专家，写了两本优秀的关于潜意识研究的专著。他也是神经研究协会的一名会员，还是一个玄学方面的研究者。玄学对他的研究结论和研究方向产生过影响。

他天生对天气很敏感，而且经过刻意训练之后，他的这种天赋得以增强。当最终抵达那所房子并拍打大门时，他察觉到了一丝兴奋，和油然而生的兴趣，似乎他所有的能力突然都变得敏锐起来。

他清晰地听到了屋内的低语。在他敲门后，里面忽然一阵安静，接着传来了椅子在地板上被向后拖的声音。又过了几分钟，一个大约十五岁的小男孩打开了门。克利夫兰的目光越过他的肩膀，审视着屋内的情况。

这让他想起了一幅荷兰家庭的画面。一张圆桌上放置着饭菜，一家人围坐着，一两只蜡烛影影绰绰，火光映红了周围的一切。父亲是一个健壮的男人，坐在桌子的一侧，一个面露惊恐的娇小苍白的妇人坐在他的对面。对门坐着一位姑娘。她吃惊地直直望向克利夫兰,手中握着一个杯子,正半举至唇边。

克利夫兰立马看出,她是一位美丽绝伦的姑娘。她的头发,是金红色的,就如雾一般笼罩在她脸上,眼睛是纯灰色的,分得非常开。她还长着早期意大利式圣母般的嘴和下巴。

好一会儿,屋里都如死一般的寂静。接着克利夫兰走进去,向他们解释了自己所陷入的困境。当他说完那个寻常的故事之后,又是一阵难以理解的沉默。最后,看上去好像下定决心般,那位父亲站起身来。

"进来吧,先生——克利夫兰先生,可以这样称呼你吗?"

"这是我的姓。"莫蒂默笑着说道。

"啊!是的。进来吧,克利夫兰先生。这样的天气,就是一条狗也不想外出,不是吗?进来吧,坐在火炉边。约翰尼,关上大门,好吗?不要大半个晚上都呆站在那儿。"

克利夫兰朝前走去,坐在了火炉边的木凳子上。那个叫约翰尼的小男孩关上了门。

"我姓丁斯密德。"那个男人说道。他现在亲切多了,"这是我太太,这是我的两个女儿,夏洛特和马格德莲。"

克利夫兰第一次看到那个背对他坐着的姑娘的脸,他发现她跟她姐姐一样美丽,但是她们美得不一样。她肤色黝黑,脸色异常苍白,有一个精致的鹰钩鼻,一张肃穆的嘴巴。那是一种冷冰冰的美丽,严肃得有点令人生畏。在她父亲做介绍的时候,她转过头,点头示意,并且直视着他,眼神充满某种找寻似的期待感。她似乎在用她不多的判断力衡量他。

"克利夫兰先生,呃,您要喝点什么吗?"

"谢谢。"莫蒂默说道,"能饮一杯茶就再好不过了。"

丁斯密德先生迟疑了一会儿,接着从圆桌上接连拿起了五个杯子,把杯中的水倒在了一只盛装废物的大碗里。

"这些茶水冷掉了。"他忽然说道,"孩子他妈,你能给我们弄些新茶吗?"

丁斯密德夫人迅速站了起来,匆忙地拿着茶壶离开了。莫蒂默觉得她似乎很乐意离开这间屋子。

新茶很快被端出来,而且这位意外的访客还得到了一些食物。

丁斯密德先生不停地说着话。他很豪爽、亲切,而且极其健谈。他把跟自己相关的所有事情都告诉了这位陌生的访客。他最近刚从建筑行业退休——是的,在这个方面,他做出过很多成绩。他和他太太都更偏爱乡下的空气——他们之前从未在乡村生活过。他们在十月和十一月浪费了很多时间去选择,当然了,他们不愿再等待下去。"生活充满着不确定,你知道,先生。"所以他们搬进了这所房子。八英里之内荒无人烟,距离可以称之为小镇的地方有十九英里。不,他们没有什么抱怨。这些姑娘们觉得这里有一些无趣,但是他和太太都很享受这里的宁静。

于是他继续讲着,将莫蒂默撇在一边,他的侃侃而谈几乎要把莫蒂默给催眠了。可以肯定,话里没什么,都是些相当寻常的家长里短。但是,第一眼看到屋内的情况,他就察觉到了一些别的东西。一种让人局促不安的感觉从这五个人身上散发出来——他不知道是哪一个人。只是单纯的愚蠢想法罢了,他的神经出现了错乱!他们都被他突然的来访给吓住了——就是这样。

他提出了晚上借宿的问题,并且获得了他想要的答复。

"你应该留在我们这儿,克利夫兰先生。这附近几英里之内什么也没有。我们能给你提供一个房间,我的睡衣对你来说可能有点大,当然了,总比什么都没有强,至于你自己的衣服,明早它们就会干的。"

"您真是太好了。"

"这没什么。"丁斯密德先生说道,"正如我刚才所说,在这样的夜晚,即使是一条狗,我们也不能拒之门外。马格德莲、夏洛特,上楼去,整理一下那个房间。"

两位姑娘离开了房间。莫蒂默很快就听到头顶上有走动的声音。

"我很能理解,像您两个女儿那样迷人的姑娘可能会觉得这里有些无趣。"克利夫兰说道。

"她们都相当漂亮,不是吗?"丁斯密德先生非常自豪地说道,"长得都不像她们妈妈或者我。我们是平凡的一对儿,但是彼此吸引。我会告诉你,克利夫兰先生。呃,玛姬,不是这样吗?"

丁斯密德夫人有些拘谨地笑了。她又开始编织东西,织针上下翻飞着,动作十分娴熟。

房间很快就收拾好了,莫蒂默再次表达了谢意,并表示他要进房间休息了。

"你们在床上放了热水袋吗?"丁斯密德夫人问,突然想起了自己在家庭里的尊严。

"是的,妈妈,有两个。"

"好极了。"丁斯密德夫人说道,"陪他一起上楼去吧,姑娘们,看他是否还需要些什么别的东西。"

马格德莲走向窗户,查看挂钩是否挂好。夏洛特最后看了一眼盥洗盆上的陈设。接着她们在门口停留了一下。

"晚安,克利夫兰先生。您看还缺什么吗?"

"没了,谢谢,马格德莲小姐。给你们带来这么多麻烦真是不好意思。晚安。"

"晚安。"

接着她们走了出去,关上了身后的门。莫蒂默·克利夫兰独自一人留在屋内,他慢慢地、若有所思地脱着衣服。把丁斯密德先生的粉色睡衣裤穿上之后,他遵从主人的意思把湿衣服团了团,放在门外。从楼梯处,他能听到丁斯密德先生低沉的说话声。

他是多爱讲话啊!总之是个怪人——这个家也有些奇怪之处,或者这只是他的幻想?莫蒂默慢慢地走回房间,关上了门。他站在床边陷入了沉思,接着他惊呆了——

床边的桃花心木桌上蒙了一层灰尘,尘埃上清清楚楚地写着三个字母:SOS。

莫蒂默紧盯着这三个字,简直不敢相信自己的眼睛。这是对他模模糊糊的推测和预感的某种证实。他是对的,这所房子确实有些不大对劲。

SOS,求救的信号。但是是谁的手指在这些灰尘上写下了这些字呢?马格德莲还是夏洛特?他记得,就在离开这间屋子之前,她们都在这里站过。是谁把手悄悄放在桌子上,留下了这三个字呢?

那两位姑娘的脸庞浮现在他的眼前。马格德莲的脸是黝黑而冷峻的,而夏洛特的脸,就如他第一次见到的那样,大眼睛,满是惊讶,目光中闪现着某些深不可测的东西……

他又一次走到门口,打开了门。丁斯密德先生低沉的声音已经听不到了。整栋房子一片寂静。

他喃喃自语道:

"我今晚什么也做不了。明天——好的,再看看。"

3

克利夫兰很早就醒了。他穿过起居室,下了楼,走出屋子来到花园。大雨过后的早晨,空气新鲜,万里无云。有人也起得很早。在花园一隅,夏洛特倚在篱笆上,望向起伏的丘陵。走过去接近她的时候,他的心跳稍微有些加速。他私下里认为那些字是夏洛特写的。他走过去时,她转过身来,向他道"早安"。她的眼睛坦率得像孩子一样,里面似乎没有隐藏任何秘密。

"真是一个美好的早晨啊。"莫蒂默笑着说道,"早晨的天气跟昨晚完全不同。"

"确实是。"

莫蒂默从近旁折下一根树枝。他用这根树枝在脚下平展的小块沙地上比画着。他写下一个 S,接着是一个 O,然后是一个 S,边写边观察着身旁的姑娘。但是在她脸上他没有发现任何意会的反应。

"你知道这些字母代表什么吗?"他猛地问道。

夏洛特微微蹙眉。"这些不是那些船只——邮轮,陷入困境时发出的信号吗?"她问道。

莫蒂默点了点头。"有人昨晚在我床头的桌子上写下了它们。"他镇静地说道,"我想可能是你做的。"

她睁大眼睛,吃惊地看着他。

"我?噢,不。"

是他错了。一阵深深的失望感充斥着他的内心。他曾那么确定——那么确定。他的直觉很少会让他陷入迷途。

"你可以肯定?"他坚持问道。

"噢,是的。"

他们折身返回，一起慢慢朝房子走去。夏洛特似乎在出神地想着什么事情。她随口回答着他提出的几个问题。突然她低声匆匆问道：

"你——你问我的这几个字真是太奇怪了，SOS。当然，我没有写过它们，但是——早些时候，我很可能会这么做。"

他停下脚步，看着她。她继续快速地说道：

"这听起来很蠢，我知道，但是我一直很害怕，非常害怕。你昨晚进来的时候，就好像是一个——一个对于某事的回应。"

"你在害怕什么？"他飞速问道。

"我不知道。"

"你不知道。"

"我想——是这所房子。自从我们搬到这儿，这种感觉就一直在增强。每个人似乎都与以往不同。爸爸，妈妈，还有马格德莲，他们都变了。"

莫蒂默没有马上回答，没等他开口，夏洛特又继续说道：

"你知道这所房子被认为是鬼屋吗？"

"什么？"他所有的兴趣都被激发起来。

"是的，一个男人在这里谋杀了自己的妻子，噢，距今有些年头了。我们搬来这儿之后才知道的。爸爸说鬼魂什么的都是胡说八道，但是我——不知道。"

莫蒂默飞快地思考着。

"告诉我，"他用专业的口吻问道，"那次谋杀是不是就发生在昨晚我待的那间屋子里？"

"我不知道。"夏洛特说道。

"我现在怀疑，"莫蒂默半自言自语道，"是的，可能是那样。"

夏洛特不解地看着他。

"丁斯密德小姐，"莫蒂默温和地问道，"你有没有什么理由，认为自己是一位灵媒？"

她紧盯着他。

"我认为确实是你在昨晚写下了SOS。"他平静地说道，"噢！当然是下意识。也就是说，一次犯罪污染了这里的空气。一位如你那样敏感的人可能会被这种行为所影响，重新产生受害者的感觉及印象。许多年之前，她可能在桌子上写下了SOS，你昨晚下意识地重新演绎了她的行为。"

夏洛特的脸红了起来。

"我明白了，"她说道，"你觉得这就是合理的解释？"

房子里有人在呼唤她，她起身离开，只留下莫蒂默独自在花园的小径上徘徊。他对自己的解释感到满意吗？这是否将他所知道的事实给掩藏了起来？这个解释能否回答当他昨晚踏进这所房子时感到的紧张不安？

也许吧，但是他现在仍有那种奇怪的感觉，他的突然来访似乎造成了某种惊慌失措的局面。他对自己说：

"我一定是被这些灵魂解释冲昏了头脑，这或许能解释夏洛特——但是其他人却不能。我的来访给他们带来了恐惧，只有约翰尼除外。不管怎么说，约翰尼不在此列才是问题所在。"

他对此相当肯定，他如此确信实属奇怪，但事实就是这样。

就在这时，约翰尼从房子里出来，朝着访客走来。

"早餐已经准备好了，"他拘谨地说道，"您进屋吗？"

莫蒂默注意到这个小孩的手指有污渍。约翰尼察觉到了他的目光，可怜地笑了笑。

"我总是胡乱摆弄化学物品，你知道。"他说道，"有时候，这让爸爸非常生气。他希望我以后投身建筑业，但是我想从事化学和研究工作。"

丁斯密德先生出现在他们面前的窗户中，身躯庞大，神情快活，还微笑着。一看到他，莫蒂默内心的疑惑和敌对感又被唤醒了。丁斯密德夫人已经上桌了，她毫无感情地跟他道"早安"。他又一次觉得因为某些理由或是其他什么，她有些害怕自己。

马格德莲最后一个到。她简单地向他点头致意，坐在了他的对面。"你睡得好吗？"她忽然问道，"床铺舒服吗？"

她非常热切地望着他，并且当他礼貌地做出肯定的答复时，他察觉到一丝失望的神色略过她的脸。他想知道，她希望自己说什么呢？

他转身面向房主。

"您的儿子看起来对化学很感兴趣，是吗？"他愉快地问道。

突然"哗啦"一声，丁斯密德夫人手里的茶杯掉在了地上。

"你是怎么了，玛姬，怎么了。"她的丈夫说道。

对莫蒂默来说，这话里似乎有一种忠告，一种警示。他转身面向自己的访客，开始畅谈从事建筑业的种种好处，比如不会使年轻的小伙自高自大之类的。

早餐过后，他独自走向花园，去那里抽烟。他应该马上离开这所房子。借宿一晚是一回事，要继续待在这里可不容易办到，而且也没有借口，他能找到什么样的理由呢？但他还是非常不情愿离开。

他边在脑子里翻来覆去地想这件事，边走上了另一条通往房子的小径。他的鞋子是皱胶底的，走路的时候几乎不发出什么声响。他经过厨房窗户时，听到里面传出了丁斯密德的声音，那些话立即吸引了他的注意。

"真是一笔巨款。"

丁斯密德夫人回应了几句。这声音太过微弱，莫蒂默几乎听不清说了什么，但是丁斯密德回复道：

"将近六万英镑，那位律师说的。"

莫蒂默并非故意想要偷听，但他还是小心翼翼地折了回去。有关钱的谈话似乎让现在的情况明朗起来。这里有一个六万英镑的问题——这让事情变得更加清楚，也更加丑陋。

马格德莲从屋内走出来，但是她父亲的声音几乎立即又将她喊了回去，她再次进屋。丁斯密德很快亲自来到了他的访客面前。

"真是难得的好天气。"他亲切地说道，"我希望你的车没什么大毛病。"

"只不过想知道我什么时候离开罢了。"莫蒂默这样想。

他再次大声感谢丁斯密德先生雪中送炭般的招待。

"这没什么，没什么。"对方说道。

马格德莲和夏洛特一起从房子里走了出来，手挽着手，往不远处的木椅子走去。黑色和金色的脑袋并在一起形成了一种鲜明的对比，莫蒂默一时有感，问道：

"你的女儿们长得可不像，丁斯密德先生。"

正在点烟的丁斯密德先生手腕一抖，火柴掉落在地。

"你这么想吗？"他问道，"是的，嗯，我也这么觉得。"

莫蒂默灵光一闪。

"但是，她们不都是你的女儿。"他脱口而出。

他看到丁斯密德先生盯着他，迟疑了一会儿，接着下定决心说："你真聪明，先生。是的，她们其中一个是弃儿，我们在她还是婴儿的时候就收养了她，并把她当成自己的孩子一样，将之抚育长大。她自己并不知道这一事实，但是很快就要知道了。"

"是关于遗产继承吗？"莫蒂默冷静地暗示说。

对方用猜疑的目光扫了他一眼。

然后他似乎认为坦陈是最好的选择；他的态度几乎变得极为直率而坦诚。

"你说的话真奇怪，先生。"

"一种读心术，呃？"莫蒂默笑着说道。

"有点像，先生。就在我刚刚从事建筑业时，我们就抚养了她。几个月前，我在报纸上看到一则广告，其中所说的孩子我觉得就是我们的马格德莲。我去见了律师，关于这点我们探讨了很多。他们怀疑——自然，你或许也会这么说，但是现在所有的事情都明了了。我下周准备把这个女孩带往伦敦，她至今还什么都不知道。她的父亲，看起来，是诸多富有的犹太人之一。他去世前几个月才知晓了这个孩子的存在。他派代理人去寻找她，准备找到之后，把自己的钱都留给她。"

莫蒂默认真地听着。他没有理由怀疑丁斯密德先生的故事。这解释了马格德莲那黑美人一般的美丽；同样也解释了——也许——她那冷漠的态度。不管怎么说，这个故事本身可能是真实的，但是在它背后或许还隐匿着什么东西。

但是莫蒂默不想引起对方的怀疑。相反，他必须立马上路，好让他们放松下来。

"一个有趣的故事，丁斯密德先生。"他说道，"我要祝贺马格德莲小姐。一位美丽的女继承人，她的面前，有着美好的前途。"

"她会拥有这一切。"她的父亲热切地赞同道，"她也是一位少有的善良美好的姑娘，克利夫兰先生。"

很明显他的态度里满是诚挚的暖意。

"好的。"莫蒂默说道,"我现在必须告辞了,我想。我要再次感谢您,丁斯密德先生。感谢您那雪中送炭般的热心招待。"

在男主人陪同下,他走进屋子跟丁斯密德夫人道别。她站在窗户边,背对着他们,没有听到两人进来的声音。她的丈夫高兴地大喊:"克利夫兰先生要跟你告别了。"她紧张起来,转过身,手里拿着的东西跌落在地。莫蒂默捡起递还给她。那是夏洛特的小型画像,是二十五年前的那种绘画风格。莫蒂默再次重复了那些已经对她丈夫表达过的谢意。他注意到她恐惧的神色,以及睫毛下偷瞄他的眼睛。

那两位姑娘没有现身,但莫蒂默似乎不着急见她们;而且他有自己的主意,这个想法很快将被证明是正确的。

他出发朝着前天晚上把车留下的地方走去。大约走了半英里,路旁的灌木丛忽然被拨开,马格德莲出现在他的面前。

"我必须要见见你。"她说道。

"我正等着呢,"莫蒂默说道,"是你昨晚在桌子上写下了SOS,对吗?"

马格德莲点点头。

"为什么?"莫蒂默温和地问道。

姑娘走到路旁,开始拽灌木的叶片。

"我不知道,"她说道,"老实说,我不知道。"

"告诉我。"莫蒂默说道。

马格德莲深吸了一口气。

"我很讲求实际。"她说道,"不是那种热衷幻想并且胡思乱想的人。你,我知道,相信鬼魂和灵魂。而我不信,但是我要告诉你,在这所房子里有些不对劲的东西。"她指向山上,"我的意思是,确确实实有些不对劲;那不仅仅是对于过去的一种回响。

它从我们搬来这里就发生了。每一天都在变得更糟，爸爸变得不一样了，妈妈也是，夏洛特也是。"

莫蒂默插话道："约翰尼有什么不一样吗？"

马格德莲看着他，眼中闪现出恍然大悟的神色。"没有，"她说道，"现在我有点明白了。约翰尼没有什么变化。他是唯一一个不受影响的人。他没碰昨晚的茶。"

"那么你呢？"莫蒂默问道。

"我很害怕——极其害怕，就像个孩子——不知道自己怕什么。而且爸爸——很古怪，没有其他的词语能形容，就是古怪。他谈论着什么奇迹，而我在祈祷——我正祈祷着一个奇迹发生，接着你就敲门了。"

她猛地停下，紧盯着他。

"在你看来，我肯定是疯了，我想。"她挑衅地说。

"不，"莫蒂默说道，"恰恰相反，你看起来非常正常。所有的正常人都会在危险逼近的时候产生一种预感。"

"你不明白，"马格德莲说道，"我并不为自己感到害怕。"

"那么，你为谁害怕？"

但是马格德莲再次疑惑地摇摇头："我不知道。"

她继续说道：

"我冲动之下写下了SOS。我有一个念头——很荒谬，但是毋庸置疑，他们不会让我跟你说的——其余的人，我指的是，我不知道我想要你去做什么。现在我也不知道。"

"没关系，"莫蒂默说道，"我知道怎么做。"

"你能做什么？"

莫蒂默微微一笑。

"我可以思考。"

她疑惑地望着他。

"是的,"莫蒂默说道,"用那种方式可以做很多事,比你之前所相信的要多得多。告诉我,在昨晚的晚餐之前,有没有偶尔出现的只言片语引起过你的兴趣?"

马格德莲皱皱眉。"我认为没有,"她说道,"反正我听到爸爸跟妈妈说夏洛特跟她长得像,他还古怪地笑着,但是——这也没什么好奇怪的,不是吗?"

"不,"莫蒂默慢慢地说道,"除非夏洛特不是跟你妈妈长得像。"

他思考了一会儿,然后抬起头,发现马格德莲正疑惑地看着他。

"回家吧,孩子,"他说道,"不要担心,把它交给我来处理。"

她听话地走上通往房子的小径。莫蒂默继续漫步了一会儿,接着躺倒在绿色草坪上。他闭上眼睛,把自己从自觉思维中脱离出去,让一系列画面随意掠过他的大脑。

约翰尼!他总是会想起约翰尼。约翰尼,完全无害,彻底从怀疑和阴谋的大网中被遗漏,但是即便如此,所有的事情都绕着这个枢轴转动。他回想起那天早餐的时候,丁斯密德夫人的茶杯掉到了碟盘上。是什么让她情绪激动?难道是他碰巧谈到那个孩子对化学充满兴趣?那一刻,他没有留意丁斯密德先生,但是他现在清楚地想起来,那时他坐着,茶杯被半举在唇边。

他又回想起夏洛特,昨晚大门打开的时候,他看到她坐在那里,越过茶杯的上沿,目不转睛地盯着自己。记忆飞速地一一闪现。丁斯密德先生一个接一个地清空了茶杯,并说着"这些茶水已经冷掉了"。

他记起了那些升腾的热气。难道那些茶并没有像他说的那样冷掉？

有些东西在他脑中开始苏醒。他想起不久之前，也许是一个月前，他读过的一则报道。概括来说，是讲一个家庭被一个小孩不小心毒害的事情。一包砒霜被遗留在食物储藏间，砒霜滴落在下面的面包上。他在报纸上读到了这则事故。可能丁斯密德先生也读过。

事情变得越来越清晰了……

半个小时过后，莫蒂默精神抖擞地站了起来。

4

夜幕再次降临。今晚烹制了煎蛋和腌肉罐头。丁斯密德夫人很快从厨房端着一大壶茶走了出来。一家人围坐在桌子周围。

"跟昨晚的天气截然不同。"丁斯密德夫人边看向窗户，边说道。

"是的，"丁斯密德先生说道，"今晚安静极了，你甚至能听到一根针落地的声音。那么现在，太太，给我们倒茶，好吗？"

丁斯密德夫人倒满了茶杯，把茶杯沿着桌子一个个传过去。接着，当她把茶壶放下时，她猛地发出了一声轻微的尖叫，并捂住了胸口。丁斯密德先生掉转椅子，顺着她恐惧的眼神望过去。莫蒂默·克利夫兰正站在门口。

他走上前去，态度轻松愉悦又略带歉意。

"很抱歉吓到了你们，"他说道，"我回来是为了一些事情。"

"为了些事情！"丁斯密德先生惊叫道。他的脸色发紫，声调也高了起来，"我想知道，你为了什么回来。"

"那些茶。"莫蒂默说道。

他从口袋里迅速掏出一些东西,并从桌上拿起一杯茶,把些许茶水倒进他左手的小试管里。

"你在……你在做什么?"丁斯密德先生目瞪口呆。他的脸已经变成粉白色,之前的紫色像魔术般消失了。丁斯密德夫人发出了一声虚弱、尖厉、惊恐的喊叫。

"你读过报纸了,我想,丁斯密德先生?我肯定你读过了。报纸上曾报道过一桩整家人被毒害的事故,他们中有些人恢复了,另外一些人却没有。在你们家这件事中,有一个人将抢救不过来。第一个解释是你们吃的那些腌肉罐头,但是假如医生是个容易起疑的人,他能否轻易接受罐头食品毒死人这个说法呢?在你们的食物橱里有一包砒霜,它的下面是一包茶叶。很显然上面还有一个小破洞,有什么能比诸如砒霜不小心落在茶叶里更自然的事?你的儿子约翰尼可能会因为不小心而被责骂,除此之外,再没什么了。"

"我……我不知道你在说什么。"丁斯密德先生目瞪口呆。

"我想你知道。"莫蒂默拿起第二杯茶,倒进了第二个试管里。他给一个试管贴上红色标签,另一个贴上蓝色标签。

"红色标签的那个,"他说道,"装的是从你女儿夏洛特杯子里取出的茶水,另外一个是你女儿马格德莲的。我敢发誓,在前一个试管里我会检测出的砒霜含量比后者高四到五倍。"

"你疯了。"丁斯密德说道。

"噢!亲爱的,不,我一点都没疯。你今天让我明白,丁斯密德先生,马格德莲是你的女儿,而夏洛特才是那个被收养的孩子。这孩子跟她妈妈如此相像,以至于当我拿到那位母亲的画像时,我差点以为那就是夏洛特本人。你们自己的女儿将要去继承那笔财产,因为不可能让你们假想的女儿夏洛特凭空消失,某认识她母亲的人还可能会察觉到身份被替换这一事实，于是你就下定决心，嗯——一撮沉在茶杯底部的砒霜粉末。

丁斯密德夫人忽然咯咯笑了起来，歇斯底里地摇摆着身体。

"茶，"她尖叫道，"他说的是，茶，不是柠檬水。"

"闭嘴，行吗？"她的丈夫恼怒地咆哮着。

莫蒂默看到夏洛特在桌子对面望着他，眼睛大睁，充满了疑惑。接着他感觉到一只手放在了自己的胳膊上，是马格德莲把他拽到了听力所及范围之外。

"这些，"她指着那些小药瓶——"爸爸。你不会认为——"

莫蒂默把手放在她的肩膀上。"我的孩子，"他说道，"你不相信过去，而我相信。我相信这所房子的氛围。如果他没有来到这儿的话，可能——我是说可能——你的父亲不会设计出他所实施的计划。现在以及将来我都会一直保存这两个试管，为了保护夏洛特。除此之外，我什么也不会做，如果你要感激的话，去感谢那只写下了 SOS 的手吧。"

The Witness for the Prosecution and Other Stories
Copyright © 1933 Agatha Christie Limited. All rights reserved.
Letter for Chinese Reader, New Star Edition by Mathew Prichard © 2013 Mathew Prichard.
Translation © 2023 arranged by New Star Press, Agatha Christie Limited. All rights reserved.
www.agathachristie.com
AGATHA CHRISTIE, *Agatha Christie*® and the AC Monogram Logo are registered trade marks of Agatha Christie Limited in the UK and elsewhere. All rights reserved.
Published by agreement with ACL.
Simplified Chinese edition copyright: 2023 New Star Press Co., Ltd.

图书在版编目（CIP）数据

控方证人 /（英）阿加莎·克里斯蒂著；王璐译 . —— 北京：新星出版社，2023.6
（阿加莎·克里斯蒂侦探小说全集：精装典藏版）
ISBN 978-7-5133-4914-7

Ⅰ . ①控… Ⅱ . ①阿… ②王… Ⅲ . ①侦探小说 – 英国 – 现代 Ⅳ . ① I561.45

中国国家版本馆 CIP 数据核字 (2023) 第 054522 号

午夜文库
谢刚 主持